Dominant Susan
Première Partie
(Domination érotique)
Pour
Erika Sanders
Série
Dominant Susan Vol. 1 à 5

Synopsis

Susan, après avoir terminé ses études, va à son premier emploi, un emploi fourni par un ami de la famille, Robert, qui a toujours eu un désir particulier pour la fille de son ami.

Ce souhait particulier est de mettre Susan sous sa domination ...

Cette publication contient une série à fort contenu érotique BDSM, où je raconte les aventures de Susan dans sa facette de soumission.

Romans BDSM romantiques et érotiques à haut contenu.

Il contient les volumes suivants:

1 - Le nouveau emploi
2 - Les règles
3 - Nouveau jouet
4 - La salle de punition
5 - Rencontre avec les maîtres

Remarque sur l'auteure

Erika Sanders est une écrivaine de renommée internationale, traduite dans plus de vingt langues, qui signe ses écrits les plus érotiques, loin de sa prose habituelle, avec son nom de jeune fille

Indice:

DOMINANT SUSAN
PREMIÈRE PARTIE
(DOMINATION ÉROTIQUE)
POUR
ERIKA SANDERS

AVANT-PROPOS

Robert est un homme d'affaires mature et prospère, marié et père d'un fils du même âge que Susan.

Leurs familles sont des amis proches depuis de nombreuses années et il l'a vue devenir une jeune femme charmante.

Il avait toujours montré une amitié ouverte envers la fille et, au fil des ans, lui avait fait prendre conscience de son affection pour elle.

En secret, sa relation amicale et son affection pour la fille cachaient ses nombreux désirs sombres, sans aucune chance de les réaliser.

Sa soumission totale à lui était le seul rêve, dans ses pensées les plus sombres et dont elle souhaitait qu'il se réalise.

Susan est une fille, tout juste diplômée, titulaire d'un diplôme en commerce et désireuse de découvrir le monde.

Sur le point de commencer son premier vrai travail, un poste offert par Robert, un ami de la famille, par respect pour son père et reconnaissance de ses capacités.

Mais aussi, à son insu, alimenté par son désir de la posséder.

C'est une fille gentille, sensuelle mais douce qui a eu le même petit ami, Peter, depuis sa première année à l'université.

Ce sont des aventuriers, mais ils ne perturbent jamais leur monde.

Elle sait ce qu'elle veut, ou pense qu'elle sait, mais elle est vraiment très obéissante pour laisser les autres la guider sur les chemins de sa vie.

LE NOUVEAU EMPLOI

Elle s'arrête devant le bâtiment, les yeux fixés sur la façade d'acier et de verre.

Regardez tous les hommes et femmes bien soignés et pressés entrer et sortir de l'entrée.

Elle regarde sa propre jupe courte, accélère son rythme et entre.

Elle se sent petite et un peu intimidée par les hommes qui dépassent ses six pieds cinq pouces alors qu'elle monte dans l'ascenseur et entre dans l'entreprise de son nouvel employeur.

Regardant autour de lui, elle le voit à la réception parler à une femme blonde bombée et glousser avec flirt, son sourire illuminant son visage alors qu'il se tourne vers elle.

Elle rougit sans savoir pourquoi et se dirige vers lui avec ses talons claquant sur le carrelage.

Son bras entoure ses épaules de manière protectrice alors qu'il la présente à la fille au bureau.

« Anne, c'est ma petite Susy !

Elle rougit, puis se redresse et tend la main.

"Salut, en fait mon nom est Susan, ravie de vous rencontrer."

Il la dirige avec une main constante sur son épaule vers divers départements et autres cadres.

Il la présente comme Susan, pour laquelle elle est reconnaissante, et qui veut mettre ses meilleurs moyens dans ce monde de grande rivalité.

Elle reste près de lui toute la matinée à essayer de mémoriser une grande variété de noms avant qu'il ne la conduise finalement à son bureau.

Il lui montre le bureau dans l'antichambre qui sera le sien la plupart du temps où elle sera ici.

Elle range son sac à main et passe doucement ses doigts sur les meubles bien choisis.

Elle est conduite dans son bureau où il montre le mobilier sombre opulent, tout en cuir et en acajou.

"Et c'est là que je travaille."

La quittant pour la première fois, il s'assied à son bureau.

Elle se sent étrangement seule debout dans ce grand bureau devant lui.

Prenant quelques clés, il continue de parler:

«Sur la gauche, derrière la salle de jeux, vous trouverez une porte donnant sur une petite cuisine. Cela divertit souvent les clients. Le réfrigérateur du bar doit toujours être rempli avec ce qui est sur la liste, et il y a aussi un menu Vous devez apprendre à cuisiner tous les plats, au cas où le cuisinier ne serait pas disponible. Je le mettrai dans votre programme de formation. "

Il s'était déplacé rapidement derrière elle, la poussant vers la porte et l'ouvrant.

Les yeux écarquillés et émerveillée par la taille de l'entreprise et les bureaux qu'elle possédait, tout ce qu'elle pouvait faire, c'est hocher la tête bêtement.

"Ce sera ainsi."

"Oui monsieur," dit-il avec un sourire, mais la sévérité de sa voix la secoue.

"Oui monsieur ". Elle répond automatiquement.

La prenant par le bras, il sort de la cuisine et la conduit dans une autre chambre avec la porte sur le même mur.

«Et c'est ma salle de bain privée, tu peux l'utiliser, mais seulement avec ma permission, tu comprends Susy?

Elle hoche à nouveau la tête sans un mot devant l'opulence de cette salle de bain, se remettant quand elle le sent se raidir en babillant:

"Oui monsieur".

Il sourit à son obéissance.

«Vous utiliserez les toilettes des employés au bout du couloir si vous avez des besoins et que je ne suis pas là.

Elle est plus rapide cette fois.

"Oui monsieur".

De l'autre côté de la pièce, deux chambres similaires avec des portes qu'il vous montre.

"C'est une salle de réunion privée", elle jette un coup d'œil rapide alors qu'il la précipite "... et c'est là que je me repose si j'ai besoin de passer la nuit en ville."

La pièce était sombre et un grand lit à baldaquin et des bancs bizarres apparaissaient dans la grande salle.

Il eut à peine le temps de le sentir avant de lui fermer la porte.

Il la ramène à son bureau, allume l'ordinateur et montre son service de messagerie personnelle de son bureau à son ordinateur qui devrait toujours être allumé et ouvert.

Satisfait du «Oui» approprié au bon moment et de son inclination naturelle à être utile, il la laisse sur le bureau pour se familiariser avec son nouvel environnement.

Il teste son attention en lui envoyant de petits messages instantanés et sourit à ses réponses immédiates alors qu'elle lit les devoirs et les différents horaires auxquels elle s'est plainte à son bureau.

LA VÉRITABLE OCCUPATION

Il a été patient et gentil lorsqu'elle a pris connaissance de son nouvel emploi au sein de son entreprise.

Il lui parlait souvent via l'écran de messagerie instantanée à des moments où elle n'était pas en réunion, ou en dehors de l'entreprise, lui posant des questions sur sa famille, ses amis, comment les choses se passaient avec son petit ami, la faisant se sentir comme elle Vous voyez votre amour et votre véritable intérêt pour sa vie.

Pendant les premières semaines bien remplies de sa formation, il a pris le temps de la consulter et d'ajuster son emploi du temps si nécessaire, devenant son mentor, son amie et parfois une figure paternelle sévère.

Il plaisantait avec elle, jouait à des jeux et bavardait aimablement.

Les conversations devenaient progressivement plus intimes au fil du temps.

Ils jouaient souvent à la vérité ou à l'ose sur l'ordinateur, et dans le jeu, leurs questions devenaient plus personnelles et directes.

Puis il fit une pause en lisant sa dernière réponse.

Il s'était attendu à ce que quelque chose comme ça se produise, mais il ne s'était jamais vraiment attendu à ce que cela se produise.

Ici, il jouait la vérité et voici la chance d'oser à nouveau avec elle.

Elle a toujours choisi la vérité … et elle a juste avoué une fessée de son petit ami et qu'elle aimait ça.

Avec cela, il allait commencer à réaliser son rêve.

Elle savait qu'elle ne jouerait probablement plus jamais ça avec lui, et elle a failli reculer, pensant qu'elle voulait arrêter, ou pire, en parler à quelqu'un dans l'entreprise et ensuite à sa famille.

Cependant, il devait passer à autre chose.

Son désir de longue date le poussa et il commença à écrire.

Elle n'avait pas choisi d'oser, mais il continuait à écrire …

***

«Je te mets au défi de me laisser te donner une fessée, Susy.

Elle a regardé fixement, ne pouvait pas croire ce qu'elle lisait.

Elle était devenue proche de lui, l'adorait et la façon dont il se souciait d'elle et la faisait se sentir si spéciale, presque comme son père.

Peut-être qu'il plaisantait à nouveau avec elle, ne croyant pas ce qu'elle lui avait dit à propos de leur rendez-vous la nuit précédente.

Son esprit s'emballa à la pensée de la façon dont elle s'était sentie fessée par son petit ami et elle se tortilla sur son siège en réalisant qu'elle avait besoin de répondre.

Il regarda l'écran, la boîte de message vide, pour l'instant, attendant sa réponse.

***

Il a commencé à paniquer, mais il a ensuite vu qu'elle écrivait.

Son cœur battait vite, et il paniqua, avant de finalement voir ce qu'elle écrivait.

"Oui monsieur."

Elle a tapé rapidement, l'incitant et sa chance d'agir :

«Alors entre dans mon bureau et ferme la porte. Quand tu entreras dans mon bureau, tu obéiras à tous mes ordres, tu t'allongeras sur mes genoux sans parler et tu te soumettras à ma fessée.

***

Elle cligna des yeux à sa réponse.

Ce jeu devenait sérieux, mais ce n'était qu'un jeu, non ?

La testait-il ?

Dois-je revenir en arrière ?

Ils étaient à la fois nerveux et tendus pour leurs propres raisons, collés à l'écran de l'ordinateur.

Elle ne voulait pas être la première à reculer et à le faire taquiner.

Elle a écrit:

"Oui monsieur".

***

«Alors viens à mon bureau, Susy, et ferme la porte.

Il n'y eut pas de réponse, mais elle se précipita dans son bureau et ferma la porte comme un lapin effrayé, incrédule de ce qu'elle venait d'accepter, pensant qu'il jouait toujours avec elle.

Il resta assis, apparemment impassible alors que son corps lui faisait mal, voyant sa peur, sa confusion et la chaleur dans ses yeux qui la maintenait.

"Mes genoux attendent"

Elle fit un pas en avant et il leva la main, s'arrêta à mi-chemin.

«Vous avez accepté de m'obéir en entrant dans cette pièce, n'est-ce pas?

Visiblement tremblante, elle murmura:

"Oui monsieur".

Il désigna le sol, il s'enhardissait, et il grogna,

"Rampe vers moi."

Il regarda les émotions jouer sur son visage, la réticence, la peur, la peur, l'excitation et enfin la soumission.

Il laissa échapper le souffle qu'il retenait en regardant le début de son rêve se réaliser, son petit corps tombant à genoux puis entre ses mains alors qu'elle commençait à ramper vers lui.

Il sentit sa bite se contracter à sa vue.

C'était finalement le sien, ne serait-ce que pour cet après-midi.

***

Elle ne pouvait pas croire qu'elle faisait ça, cet homme dont elle avait su que toute sa vie allait vraiment lui donner une fessée.

Le jeu était allé trop loin, mais pourquoi ne l'avait-il pas arrêté ?

Elle se rend compte qu'elle le voulait !

Oh mon Dieu, le voulait-elle ?

Y avait-il quelque chose qui clochait avec elle ?

Pourquoi est-ce que ça a été comme ça ?

Ses yeux se fixèrent sur son corps solide dans sa grande chaise alors qu'elle atteignait ses pieds et glissant comme un serpent, elle se déplaça sur ses genoux.

Il savait que c'était mal, mais il ne pouvait pas s'en empêcher.

Sans mots, sans discussion, sans la caresser pour être une gentille fille, sa main lui claqua le cul fort, et elle poussa un cri.

* * *

Il regarda le bel ange ramper vers lui, son esprit allant vers les endroits les plus sombres et devant reculer, si jeune et impressionnable qu'il ne réalisa pas sa valeur.

Il a utilisé toute sa volonté pour rester impassible alors qu'elle glisse sur ses genoux, sûr qu'il peut sentir cette dureté dans son ventre alors qu'il soulève sa jupe, révélant un string rose, lève la main et la frappe de toutes ses forces. .

Ne serait-ce que pour cela une fois qu'il l'appréciait.

Regardez ses muscles tendus onduler sous l'attaque et ses empreintes de mains luisent en rouge sur sa peau blanche.

Elle couine et halète :

"Ohhhhh, Oh, ça faiiiit maaaal ".

Elle couine et tord ses jambes alors qu'il la fouette à nouveau profondément.

* * *

Elle perd la trace de la fessée alors que la douleur envahit son petit corps et la réchauffe.

Elle remarque la chaleur qui commence dans sa petite chatte et l'humidité sur ses cuisses alors qu'il la fouette.

Perdue dans sa chaleur et son besoin de crier, de petites larmes coulent sur ses joues.

* * *

Sa main devient engourdie alors qu'il la fouette fort en savourant la contraction de ses muscles durs, ses cris et la supplie d'arrêter de lui donner une fessée alors qu'il peint son petit cul en rouge vif.

Il s'arrête quand il la voit mouillée entre ses jambes, incroyablement, son petit corps se branlant sur ses genoux.

* * *

Son esprit s'est enfermé dans le pouvoir de cet homme alors qu'elle halète et hurle.

Alors qu'il continue de la fouetter fort et vite, son corps prend le dessus alors que son esprit tourne, elle ressent la chaleur et le besoin refoulé d'un petit ami trop inepte et perdue dans la sensation qu'elle arrive, devient dure et son orgasme baisse. éjacule sur ses cuisses avec cette simple fessée.

Elle sent qu'il s'arrête et meurt à l'intérieur.

Sa honte la remplit alors qu'elle tremble sur ses genoux, haletant et sanglotant.

La chaleur de son rougissement remplissait son visage, si embarrassée, comment aurait-elle pu faire ça?

* * *

Il sourit en voyant son visage rougir d'embarras, la tenant en place, sachant que c'est son moment.

"Au cours de la semaine prochaine, vous deviendrez mon esclave. Ce sera votre occupation royale. Vous m'obéirez dans tout ce que je vous commande. Vous resterez en vue à tout moment et demanderez ma permission de partir si nécessaire, ne serait-ce que pour va aux toilettes. Je te posséderai et tu m'obéiras. Au bout d'une semaine, nous en reparlerons. "

* * *

Allongée sur ses genoux sentant l'orgasme produit par sa fessée, elle écoute ses paroles.

C'est une déclaration, pas une question.

Il se rend compte qu'il ne lui a pas donné d'options.

Elle incline la tête de honte, tremblant de ce qu'elle vient de faire.

Et elle gémit:

"Oui monsieur"

.

ACCEPTER LA SITUATION

"Ton esclave pendant une semaine."

Ça ne pouvait pas être une mauvaise semaine car il l'avait toujours traitée comme une princesse.

Même après ses moments difficiles il y a quelques minutes et sa demande d'obéissance totale pendant une semaine, il l'avait prise dans ses bras, essuyé ses larmes et l'avait envoyée dans sa salle de bain privée pour nettoyer.

Elle se tenait devant le miroir revivant sa honte, elle était une mauvaise fille et maintenant Robert le savait.

Bon sang!

Elle se mordit la lèvre, se demandant s'il garderait tout cela secret pendant qu'elle jouait à son jeu.

Parce que c'était un jeu, non?

Elle sortit de la salle de bain, son visage ne reflétant plus ce qui venait de se passer, ses fesses rougies en étant la seule preuve extérieure.

Elle marcha vers lui sentant son visage rougir à nouveau et il lui tendit son string imbibé de sperme.

"Ok, tout va bien. Cependant, nous avons tous les deux des gens que nous aimons, et c'était, euh, amusant, mais je ne veux pas qu'ils le sachent ..."

La voyant rougir profondément et entendre l'auto-récrimination dans sa voix, il l'interrompit en pressant son avantage:

"Que tu m'as laissé te donner une fessée jusqu'à ce que tu aies atteint l'orgasme? Que tu as accepté de m'esclave pour pas moins d'une semaine? Ma douce Susy, tu es une salope très coquine!"

Il la regarda pâle au dernier mot jusqu'à ce qu'il baisse la tête pour regarder ses pieds.

Devant elle, elle leva le menton, tenant le string rose devant elle, et il sourit.

«Comprenez que je ne veux pas non plus blesser nos familles. Mais à partir de maintenant vous m'appellerez Maître quand nous serons seuls. Moi, mon doux bébé, je suis un Maître et en tant que tel j'ai besoin d'un esclave. Une semaine ici au travail et à la fin du semaine, nous parlerons à nouveau et nous verrons comment nous continuerons à partir de là. "

Sur ce, il glissa le string dans sa poche et retourna à son bureau.

Lui soulevant une enveloppe, il rencontra ses yeux curieux.

"Voici une liste des règles que vous devriez suivre pendant la semaine. Vous pouvez rentrer chez vous maintenant et l'étudier là-bas. Venez tôt demain, nous avons beaucoup à faire. Je vous verrai à sept heures du matin."

Il se leva et l'embrassa doucement sur la joue, il quitta le bureau, terminant la journée.

Alors qu'il s'approchait pour l'embrasser, il l'entendit chuchoter «Oui, Maître», ce qui le fit sourire largement.

LES RÈGLES

Cette nuit-là, il s'allongea dans son lit, lisant ses instructions pour la semaine et secouant la tête.

C'était très inconfortable, mais pour une raison quelconque, elle ne pouvait tout simplement pas dire non.

Mais j'aurais dû dire non.

Il avait raison, c'était une pute.

Elle avait voulu le sentir lui donner une fessée.

Son petit ami était gentil mais il ne pouvait jamais vraiment lui donner une fessée comme Robert l'avait fait.

Elle avait senti sa bite dure pressée contre son ventre, considérant mentalement sa taille et sa forme.

Son petit ami pâlit par rapport à son imagination.

Elle s'est endormie en revivant la fessée et en pensant à la semaine à venir, sa main coincée entre ses jambes obtenant son deuxième orgasme de la journée.

* * *

Je me suis réveillé tôt pour prendre une douche.

Il a tout rasé comme indiqué dans les règles et s'est habillé avec soin.

Ses cheveux étaient attachés en une queue de cheval bien faite.

Et elle s'est habillée d'une camisole sous son chemisier au lieu d'un soutien-gorge, reconnaissante pour ses petits seins gaies et a glissé sa culotte sous sa jupe courte.

Maquillée comme indiqué, elle a attrapé son sac à main et a couru à la porte juste à temps pour prendre le bus qui partait tôt pour aller travailler.

L'absence de la circulation matinale habituelle étant si tôt, le bâtiment paraissait étrangement désert à son arrivée, pensa-t-elle en montant dans l'ascenseur.

En entrant dans le bureau silencieux, elle fut surprise de voir les lumières allumées et qu'il était déjà là.

Il se dirigea vers son bureau et envoya rapidement un texto «Bonjour, Maître» pour lui faire part de son arrivée.

* * *

Il regarda sa montre et sourit.

Juste à temps.

Il avait passé la nuit à planifier la semaine à venir.

La récompense des années accumulées pendant lesquelles il avait besoin de posséder cette belle fille qui l'obsédait tant.

Il avait besoin d'elle pour accepter son nouveau rôle, pour asservir son corps et son âme, et elle n'avait qu'une semaine pour cela.

Il avait planifié toute la nuit avant de décider de son prochain déménagement.

Souriant, il écrivit:

«Bonne fille, tu es là à l'heure. Viens dans mon bureau, ferme la porte et déshabille-toi. Ensuite, va au centre de la pièce et attends là-bas.

* * *

"Oui Maître."

Le cœur battant, elle entra dans son bureau et ferma la porte derrière elle.

Sentant ses yeux la regarder attentivement, elle se retourna et fit un pas en avant.

Lentement, elle enleva chaque vêtement qu'elle portait et le posa sur le sol à côté d'elle.

Enfin nue, elle se plaça sur le tapis moelleux, au centre de la pièce, pour être à sa merci, son esclave.

Elle le regarda se lever et quitter son bureau.

Il plana autour d'elle alors qu'il la regardait, de la tête aux pieds, chaque centimètre carré de sa peau, sans la toucher, mais si près qu'elle pouvait sentir la chaleur de son corps sur sa chair de poule.

Brusquement, il retourna à son bureau, lui dit de s'habiller et de se mettre au travail, la cessant de faire attention pour continuer son travail.

* * *

Il pouvait voir sa confusion et sa déception lorsqu'elle s'habilla et retourna à son bureau.

Il savait qu'elle était prête à faire tout ce qu'il décidait, à obéir à sa volonté et plus encore, à son humiliation et à sa honte lui faisant jouer son jeu, mais il ne voulait pas pousser trop fort.

Il avait besoin qu'elle en veuille plus, qu'elle en ait besoin de plus.

Il se tourna pour regarder son programme d'entraînement sur son bureau.

Ses cours de cuisine se passaient bien.

Les gens de l'entreprise semblaient l'apprécier.

Il se toucha le menton en pensant que peut-être lui commander un dîner avec des amis du club pourrait bientôt être diffusé.

Il s'assit à son bureau avec son esprit se souvenant de la fessée qu'il lui avait donnée, sa bite gonflée, sa main frôlant elle ressentait l'excitation, la voyant nue et si volontairement obéissante que cela lui faisait presque oublier ses plans, sa luxure et son besoin. pour dominer la fille.

Envoyé un message instantané:

«Est-ce que tu te masturbes, Susy?

Il attendit pendant que le message instantané clignotait sur son bureau.

Il pouvait l'imaginer s'agiter, serrer la chatte à la question, mais elle avait déjà avoué tellement plus pendant leurs jeux.

"Oui, Maître, souvent."

Il a écrit le message suivant en choisissant soigneusement les mots suivants, voulant non seulement jouer avec elle mais le faire réfléchir:

«Se pourrait-il que ce jeune homme, que tu ne vois pas beaucoup, ne te satisfasse pas assez, petite salope? Peut-être que cette semaine t'aidera à rester satisfaite.

Sur ce, il a clos la conversation.

* * *

A son bureau, elle fut abasourdie par la réponse et la clôture brusque de la conversation, mais elle continua de réfléchir à ses paroles.

Plus tard, occupée au travail, elle ne se rendit pas compte qu'il était derrière elle jusqu'à ce que sa main se recroqueville sur son épaule et se pose sur son sein droit.

Il se pencha pour lui chuchoter à l'oreille:

"Je regarde juste ma petite chienne travailler dur."

Caressant le mamelon durci et écoutant sa respiration s'accélérer, il sourit.

Il lui retira alors la main et quitta son bureau avant de se tourner vers elle:

"Tu sais Susy, ça va être une semaine très satisfaisante."

* * *

Il la tenait nerveuse toute la journée avec de petites caresses et de petites blagues qui lui donnaient toujours plus envie de ses mouvements inconscients et elle rougissait de plus en plus.

Satisfait d'avoir suscité son besoin toute la journée, il en voulait plus.

Le courrier vacilla sur son bureau.

«Avant de partir aujourd'hui, petite salope, tu vas te présenter à mon bureau et demander la permission de quitter mon service pour la journée.

* * *

"Oui Maître." Il tapa et se dépêcha rapidement de terminer ce qu'il faisait et de ranger son bureau.

Elle était un peu excitée.

Il l'avait taquinée toute la journée, sa culotte était humide et collante, et elle ne pouvait pas croire qu'elle avait si chaud.

Elle rougit en sachant qu'elle était la petite salope qu'il l'appelait, mais elle ne semblait pas pouvoir s'en empêcher.

Elle se leva et entra dans son bureau en fermant la porte et en attendant qu'il la rapproche.

C'était comme ça pendant quelques minutes, même si cela semblait beaucoup plus long.

Cela la rendit plus nerveuse jusqu'à ce qu'il la regarde et lui montre un endroit sur le sol à côté de son bureau.

«Ici, Susy.

Elle a presque volé vers l'endroit voulant être à nouveau près de lui.

Voyant le sourire illuminer son visage à sa faim, sa rougeur remplit à nouveau son visage.

"Avant de partir, il y a encore une chose que je dois évaluer." Il pouvait la voir trembler légèrement alors qu'elle absorbait ses mots. "Sois une bonne pute et penche-toi sur le bureau devant moi, Susy"

Voyant son air incompréhensible, il n'attendit pas qu'elle bouge, mais se leva à la place, la prit par le bras et la pressa pour qu'elle s'appuie contre le bureau, ses pieds touchant à peine le sol.

Passant ses mains sur ses cuisses en les écartant largement, il fit claquer sa langue fort.

«Ma petite salope Susy, qu'est-ce que tu as fait aujourd'hui pour que ça soit si mouillé?

En l'entendant crier et en voyant le rougissement profond, il sourit à sa réaction.

Il aurait facilement pu blâmer son jeu constant pour son excitation, mais elle resta silencieuse, honteuse qu'il la traite de pute.

Il passa ses doigts sur la culotte de coton humide et continua.

"Que devons-nous faire avec une salope aussi mouillée?"

Accrochant ses doigts dans sa culotte, il caressa sa fente humide, la regardant se tortiller et haleter après tous les jeux qu'il lui faisait subir pendant la journée.

Saisissant son clitoris entre le pouce et l'index en le serrant lentement, il grogna:

"Réponds-moi, petite salope!"

L'entendant gémir à haute voix et la voyant trembler, il sourit à nouveau.

Pressée contre son bureau, ses cuisses écartées.

Elle sentit son humiliation à ses mots remplir son visage de couleur, la rendant encore plus humide.

Ses mains et ses doigts enjoués la gardaient nerveuse toute la journée, son petit corps exigeant et ayant besoin de son toucher.

Maintenant, la sensation de ses doigts alors qu'ils caressaient sa chatte faisait bouger ses hanches inconsciemment.

Ses yeux s'écarquillèrent alors que ses doigts saisissaient et pressaient son clitoris et elle gémit bruyamment:

"Oui, Maître, je veux dire, pas de Maître, oh, Dieu!"

«Tu sais quoi faire!» Elle poussa un cri quand il lui gifla durement le cul.

Il a continué à se serrer, causant de la douleur dans son petit corps alors qu'elle criait à nouveau.

Ses yeux se remplirent de larmes quand il la frappa à nouveau, exigeant une réponse:

"Une fessée, Maître!"

Elle sentit son clitoris se contracter alors qu'il giflait à nouveau son petit cul.

Se cambrant de douleur, les larmes coulant sur son visage, elle eut un orgasme, hurlant sa douleur et son besoin.

Il retira sa main et regarda la putain, tellement content qu'elle le suppliait presque.

Il la souleva, embrassant son visage en larmes, alors qu'elle sursautait de manière incontrôlable dans ses bras, lui frottant le dos et la rassurant.

Il l'accompagna jusqu'à la salle de bain.

"Réparez votre maquillage, ma petite salope, nous ne voulons pas que les gens pensent que nous sommes ici en train de jouer à quelque chose."

Il la vit regarder son large sourire taquin alors qu'elle rougissait profondément et baissait la tête.

* * *

Alors qu'elle se penchait pour se laver et réparer son visage, elle se souvint de ce qu'elle ressentait quand il la touchait.

La dureté apparente sous son pantalon.

Son esprit vagabonde avec des images de ce que doit être sa bite.

Elle frissonna.

* * *

«Puisque tu es une fille si désagréable, mais que tu as un visage d'ange, tu porteras une culotte mouillée, Susy, laisse les gens se demander si l'ange est aussi innocent qu'il le paraît! Il se délecta de l'expression choquée sur son visage. «Demain après ta douche, je veux que tu choisisses ta culotte préférée et que tu la mets sur cette petite chatte. Son esprit lui rendit le souvenir de sa chatte serrée et fraîchement rasée de son inspection ce matin-là. «Alors je veux que tu te masturbes, au bord de l'orgasme, puis que tu t'arrêtes, que tu finisses de t'habiller et que tu partes au travail. Dès que tu arrives, viens à mon bureau.

Ses yeux s'écarquillèrent, son cœur se mit à battre frénétiquement.

Ce qu'il demandait était un peu scandaleux, mais sa chatte se serra et elle la sentit couler encore plus.

D'une voix tremblante, elle a répondu "Oui, Maître".

Il la regarda avec des yeux perçants la faisant rougir davantage.

Sa main l'entoura pour toucher sa chatte humide et recouverte de coton.

Puis lui chuchotant à l'oreille avec un grognement menaçant:

«Et ne couche pas avec ton petit ami inattentif cette semaine, Susy. Tu es à moi cette semaine. Compris?

Son visage s'illumina brillamment alors qu'il murmurait: «Oui, Maître.

* * *

Cette nuit-là, elle a dormi par intermittence.

Ses rêves étaient remplis de lui, son corps était tellement excité qu'il semblait constamment mouillé et dans le besoin.

Elle a envisagé d'appeler son petit ami.

Comment le Maître saurait-il s'il le savait?

Elle savait au fond que cela la rendrait frustrée et coupable, alors elle enfouit sa tête dans l'oreiller et essaya de se rendormir.

* * *

Le lendemain matin, après de longs préparatifs, il part au travail, les jambes agitées en voyageant.

Il regarda autour de lui pour voir si les gens pouvaient sentir son excitation, ses tétons constamment durcis par son besoin de jouir et faisant de son petit bouton l'ennuyer.

* * *

Elle est allée directement à son bureau à son arrivée.

Il était au téléphone avec quelqu'un et quand ses yeux se sont tournés vers elle, un sourire est apparu.

Il a pris un stylo et a écrit « déshabiller » sur le bloc-notes à côté de lui.

Il tourna la page vers elle et lui indiqua l'endroit devant sa chaise entre ses jambes écartées.

Ses jambes tremblaient alors qu'elle marchait docilement autour du grand bureau et commençait à se déshabiller.

Il couvrit l'embout buccal avec sa main et murmura:

"Lentement, ce n'est pas un examen médical"

Il lui fit un clin d'œil et elle rougit et hocha la tête, comprenant qu'il se déshabille plus sensuellement.

C'est ce qu'il a fait et finalement nu, l'a entendu dire:

"Désolé Harry, je dois te quitter maintenant. Je t'appellerai plus tard, quelqu'un a besoin de mon attention."

Il lui sourit et raccrocha le téléphone.

Il l'inspecta d'un œil critique, passant un doigt à l'intérieur de sa cuisse pour sentir son humidité, puis se pencha en arrière et passa sa langue sur le bout de son doigt mouillé.

"Fais demi-tour et penche-toi sur le bureau petite pute, et les jambes écartées."

Elle se retourna et se plia en deux, lui présentant son petit cul serré.

Alors qu'elle regardait la petite pointe du tissu qui jaillissait des lèvres de sa chatte, il la pinça et, tentant, commença lentement à tirer.

Les yeux écarquillés et presque aqueux à cause du tourbillon d'émotions et de sentiments, il bougea sa culotte en regardant sa chatte s'égoutter encore plus lorsqu'elle les souleva.

Quand la bande de tissu entra dans sa fente, il tira fort, regardant son visage dans le reflet de la fenêtre alors qu'elle se mordait la lèvre et gémissait.

Frappant son cul nu et lui disant de se lever, il la regarda d'un œil critique alors qu'elle se redressait et se tournait vers lui.

Après son inspection, il l'a frappée sur les fesses une fois de plus et lui a ordonné de réparer ses vêtements, de mettre sa culotte trempée et de retourner au travail.

L'expression rougissante et perplexe sur son visage lui plaisait beaucoup.

Puis elle lui tourna le dos et décrocha le téléphone pour reprendre leur conversation précédente, les yeux fixés sur son reflet dans les cloisons de son bureau.

"Oh oui." Il s'est dit: "Cela va être une semaine très satisfaisante. Et si mon plan réussit, ce sera bien plus qu'une semaine ..."

RENCONTRE AVEC UN MANAGER

Il retourna à son bureau, le visage rouge d'inconfort et d'embarras.

Il ne lui était même pas venu à l'esprit de dire non et d'arrêter le jeu.

Il resta assis pendant de longues minutes à se demander ce qui pourrait arriver s'il le faisait.

"Dieu," pensa-t-elle. «Voudriez-vous la renvoyer et expliquer à sa famille pourquoi ou leur dirait-elle qu'elle le devait parce qu'elle était si méchante?

"Peut-être," raisonna-t-elle. «Elle pouvait aller voir son père et lui dire ce que cet homme lui faisait faire, mais elle est devenue déprimée quand elle s'est rendu compte qu'il n'avait pas vraiment fait quoi que ce soit qu'elle n'avait pas accepté ou demandé et qu'elle ne pouvait pas dire ça à son père.

Elle sourit en pensant à son père aimant.

Elle était son doux ange, et elle ne pouvait pas supporter de le décevoir avec la vérité, qu'elle était une petite salope comme l'appelait Maître Robert.

Perdue dans sa rêverie, elle ne vit le message instantané clignoter que lorsqu'il était trop tard.

Un deuxième et troisième message est apparu "ICI MAINTENANT!"

Elle l'entendit presque crier alors qu'il sursautait et tremblait d'anticipation.

Elle ne répondit pas, mais courut dans son bureau et s'arrêta juste devant la porte.

En entrant, et sans parler, il lui fit signe de fermer la porte et lui montra une place devant son bureau.

Marchant lentement vers l'endroit, elle se tenait dans l'expectative alors qu'il finissait de taper des notes sur son ordinateur.

Il la regarda avec déception et secoua la tête.

Son silence la rendit plus nerveuse, elle se leva et la harcela en tirant sa jupe, exposant sa culotte encore humide et lui frappant fort le cul.

Profitant de ses cris, il la retourna et serrant fermement son menton, elle la regarda dans les yeux.

Se penchant vers son visage, il grogna: "Moi, Susan, je suis votre Maître! Toi, ma fille, tu es mon esclave et ton inattention me porte à croire que tu dois te souvenir de ça."

Il vit ses yeux s'éloigner des siens.

"Regarde moi!" Il grogna contre son visage, savourant son soupir alors que ses yeux se posaient sur lui.

Elle le regarda et commença à bégayer des excuses, mais il pressa sa main plus fort contre son menton, ce qui la fit taire alors que des larmes lui montaient aux yeux.

Il avait l'air si joliment vulnérable que sa bite sursauta.

"Tu vas devoir être puni, bien sûr, mais je pense que tu aimerais avoir une autre fessée, non, ma petite salope?"

Il l'observa avec satisfaction, sa honte parcourant son visage alors que ses yeux sombres la fixaient.

«J'attends l'un des gérants et je n'ai pas le temps de faire face à ta désobéissance pour le moment», l'envoyant dans un coin de son bureau derrière son bureau, il continua: «Tiens-toi dans le coin comme une vilaine que tu es, pendant que je Je rencontre Alan. "

Il la sentit se raidir et vit ses mains commencer à glisser le long de sa jupe, mais il lui gifla durement le cul, laissant une impression rouge et chaude.

«Laissez la jupe telle quelle. Croisez vos bras devant vous si vous ne pouvez même pas suivre cette simple instruction.

Il l'entendit gémir et étouffer un sanglot, et avec un sourire éclairant son visage, il retourna à son bureau.

Elle pâlit physiquement quand elle l'entendit élever la voix et crier:

"Entrez Alan. Désolé, mon assistant n'était pas là pour vous donner une contribution."

Il entendit une voix profonde rire quand Alan entra.

"Pas de problème, Robert. Je vois que vous avez redécoré ici. Très cool, je dois dire, et cette touche de rouge que vous avez ajoutée, incroyable!"

Son esprit s'emballa:

"Est-ce qu'il parlait d'elle? Sûrement pas"

Mais elle ne put empêcher une rougeur éclatante d'apparaître sur ses joues alors qu'elle regardait par la fenêtre suivante.

Elle a essayé de rester immobile et de ne pas s'énerver dans l'espoir de passer à l'arrière-plan pendant qu'ils parlaient d'un client ou de quelque chose d'autre.

Finalement, la réunion s'est terminée et Alan est parti joyeusement:

"Je pense que je pourrais décorer mon bureau de la même manière, Robert, mais peut-être avec un thème nordique."

Il fit un clin d'œil sournois à Robert et ajouta:

«Je deviens fou quand je vois une blonde aux courbes. Il est peut-être temps de faire d'Anne mon assistante personnelle.

Il a éclaté de rire quand il est parti et elle s'est effondrée à l'intérieur.

NOUVEAU JOUET

Il la laissa là encore une demi-heure pendant qu'il remplissait des rapports sur l'ordinateur avant de finalement l'appeler pour qu'elle vienne le voir.

« J'espère que je n'aurai plus à te punir, petit esclave, et pour t'aider à faire attention, j'ai un cadeau pour toi.

Ouvrant un tiroir de son bureau, il en sortit un petit cylindre rose vif et le fixa alors qu'elle le regardait avec curiosité.

"Elle est vraiment si innocente," pensa-t-il en lui-même et sourit en lui ordonnant d'aller dans la salle de bain privée et d'insérer le nouveau jouet dans sa chatte comme si c'était un tampon.

Il adorait la façon dont les émotions jouaient sur son visage, rougissant avec charme alors que son esprit luttait contre sa soumission à lui.

"MAINTENANT, esclave!"

Elle prit le petit objet de sa main et se dirigea lentement vers la salle de bain, se tournant pour fermer la porte.

Mais elle le vit regarder là-bas la regardant.

"J'ai besoin d'uriner d'abord s'il vous plaît Maître." Elle bégaya.

"Vas-y petit esclave, je ne t'arrêterai pas." Il recula un peu, mais ne bougea pas de la porte pour la maintenir ouverte.

Il se raidit, se retournant quand il l'entendit soupirer.

Elle ne sembla pas le remarquer lorsqu'elle baissa sa culotte pour uriner et inséra le jouet.

Elle se leva et remit la culotte mouillée en place.

Et quand ses mains furent prêtes à abaisser sa jupe, elle l'entendit claquer sa langue.

Elle leva les yeux pour le voir secouer la tête.

Laissant sa jupe serrée autour de sa taille, elle finit de se laver les mains et le suivit jusqu'à son bureau.

Elle vit qu'il se renfrognait et se demanda ce qu'elle aurait pu faire pour le contrarier maintenant.

"Susan, c'est une journée de cours pour toi, je pense."

Il s'arrêta un moment, la laissant réfléchir à ses mots.

"Les esclaves ne soupirent pas pour leurs maîtres! Compris? C'est un simple, oui Maître, car comme tu es mon esclave, tu m'obéiras!" ses yeux se fixèrent sur les siens alors qu'il expliquait sa plus récente transgression.

Il regarda l'horreur et la honte passer sur son visage, ses dents mordant à nouveau sa lèvre inférieure adorablement.

Parfois, c'est comme punir un enfant, pensa-t-elle.

Les yeux écarquillés, elle hocha la tête, se remettant suffisamment pour murmurer «Oui, Maître» quand elle le vit se raidir davantage de colère.

Maintenant, elle avait peur, car sa colère évidente confirmait que ce n'était plus un jeu.

La confirmation la frappa comme une gifle sur le visage qui la secoua presque sur ses talons sous la force de la nouvelle prise de conscience de sa situation.

Elle savait qu'elle était allée trop loin, qu'elle en avait trop fait, qu'elle l'avait laissé trop lui faire, alors maintenant elle pouvait reculer ou lui demander d'arrêter.

Un tel mot serait mort dans sa gorge.

Après des minutes de silence, elle se mit à sangloter et se retourna pour partir.

Il la vit se briser, la compréhension de ses intentions la submergeant.

C'était son moment pour commencer à la faire sienne vraiment.

Elle a dû bouger rapidement avant de paniquer et de fuir complètement.

Il tendit la main à une vitesse fulgurante et attrapa son bras avant qu'elle ne puisse courir.

Elle a tenu une télécommande devant ses yeux et a appuyé sur le bouton pour lancer un petit bourdonnement dans sa chatte.

Elle sursauta et laissa échapper un gémissement en le regardant.

D'une voix grave, il dit:

«Oui, petite salope, je contrôle ce nouveau jouet dans ta chatte comme je te contrôle. Je suis ton maître.

Il la regarda dans les yeux effrayés en caressant son cul.

Le jouet bourdonnait à une vitesse plus élevée.

Sa respiration a commencé à augmenter avec son sentiment d'excitation.

Il se pencha pour lui chuchoter à l'oreille:

«Tu aimes être ma pute, non, Susy?

Il se rapprocha encore de lui en la rapprochant en continuant:

«Sans avoir à cacher à quel point tu es méchante et les sentiments dans cette petite chatte serrée que le jouet te laisse quand tu es avec moi, tu sais que tu étais censée me servir.

Sur ce, il l'a giflé durement sur le cul, le réchauffant avec son empreinte de main.

La voyant se mordre la lèvre, elle pouvait voir des émotions jouer sur son visage expressif alors qu'il se remplissait de couleur.

«Tu peux être toi-même avec moi, Susy. J'adore tout ce que tu es et tout ce que tu peux et sera pour moi.

Il pouvait sentir la chaleur qui sortait d'elle, la honte et la peur mélangées à la faim sexuelle croissante qui apparaissait dans ses yeux verts en raison de l'excitation du jouet dans sa chatte.

C'était un choix lent et délibéré de mots, les laissant envahir son esprit alors qu'elle luttait pour réaliser que ce ne serait plus jamais un jeu pour lui.

Il a parlé sans relâche pour remplir sa tête de ses souhaits.

«Je vous ai connu presque toute votre vie. Toujours si douce, si innocente et si obéissante que je savais que vous étiez née pour être esclave, ma petite salope. Vous avez besoin d'un Maître qui vous donnera le plaisir et la douleur dont vous rêvez.

Il garda sa voix dans un murmure bas et doux dans son oreille, mais avec un ton sévère et imposant à ses mots.

"Tu peux me faire confiance Susy, je prendrai soin de toi et je te garderai en sécurité tout en nourrissant tes envies et tes désirs."

Il ponctua cela d'une autre gifle sur son cul déjà rouge.

« Tout ce que je demande au petit esclave, c'est que tu me sers et que tu m'obéis bien. Je suis ton maître, Susy. Et toi, petite salope, tu es l'esclave que je désire.

Elle haletait maintenant, son corps tremblait visiblement d'excitation alors qu'il réactivait le jouet un peu plus fort et lui giflait à nouveau le cul.

"Je vous posséderai et prendrai soin de vous comme ma possession la plus précieuse. En tant que votre Maître, je vous entraînerai à me plaire et à vous punir quand vous ne le faites pas."

Sa main claqua à nouveau contre ses fesses.

Elle écarta un peu plus les jambes qui la tenaient à peine debout alors qu'il lui donnait ce dont elle avait besoin.

Tout comme il voulait la dominer, elle avait besoin de ses demandes de contrôle sur elle.

Il pouvait voir et sentir à quel point il devenait chaud à chaque fois qu'elle obéissait à ses ordres de plus en plus désobligeants, même maintenant qu'il regardait ses yeux remplis de larmes.

« Vous devez faire confiance et obéir à votre Maître, Susy. Frappant à nouveau son cul, il grogna bas "Viens pour moi, ma petite salope. Obéis-moi et viens chercher ton Maître, esclave."

Il plaça sa jambe entre les siennes alors qu'elle tordait ses hanches, la laissant broyer sa chatte humide et lancinante sur lui, regardant sa tête basculer en arrière pour gémir.

Il enroula ses bras autour de son petit corps et l'attira plus près de lui alors qu'elle commençait à trembler et à frissonner, il la souleva, la porta sur une chaise rembourrée et s'assit avec elle sur ses genoux, laissant le bourdonnement à l'intérieur d'elle lentement disparaître.

À ce moment-là, elle ne voulait rien de plus que lui plaire, lui obéir, prendre soin d'elle et la chérir.

Elle s'assit sur ses genoux pendant un long moment, le sentant la caresser, caresser ses cheveux et son dos alors qu'il se calmait.

Incapable de dire ce qu'elle ressentait, elle réfléchit à tout ce qu'elle avait dit et fait.

Dans les choses qu'elle lui avait faites et lui avait laissé faire au cours des trois derniers jours, dans ses paroles de confiance et d'attention, le plaisir et la douleur qu'il lui donnait.

Inconsciemment, elle se tordit, se mordant à nouveau la lèvre.

Son rougissement remplit son visage, sa honte et son humiliation prenant le dessus sur toutes les autres émotions.

Elle avait encore un peu peur de sa colère et de ce que ce jeu supposé signifiait vraiment pour elle, mais elle ressentait aussi son amour pour elle.

Il ressemblait presque à une figure paternelle, stricte et sévère mais attentionnée alors qu'elle se berçait dans ses bras comme ça.

Est-ce qu'elle avait tort de penser à lui de cette façon compte tenu de ce qu'il avait fait et de le laisser continuer à lui faire ça?

Il a non seulement accepté leurs singeries, mais les a encouragés.

Cela l'avait amenée à crier pour des orgasmes, mais elle n'avait pas cherché le sien.

Son esprit se tordit avec ce qu'il ressentait.

Elle sentait qu'elle voulait faire ça pour lui, le fort besoin qu'elle avait ressenti de le fuir repoussé au fond de son esprit remplacé en ce moment par un désir de lui plaire alors qu'elle réfléchissait sur ses mots, ses soins, sa confiance et son amour.

Elle imagina ce que ce serait d'être baisée par lui et remplie de son sperme et se tortilla dans ses bras en appuyant contre son corps ferme et fort.

Il s'assit avec elle blottie sur ses genoux, regardant son visage sachant qu'elle considérait tout ce qu'il lui avait dit alors qu'il nourrissait ses besoins masochistes croissants.

Il sourit en la regardant mâcher sa lèvre et rougir.

Il avait besoin de posséder cette belle petite fille, corps et âme, pour la faire supporter davantage sa douleur et souffrir pour lui, mais il avait besoin qu'elle vienne à lui volontairement.

Ses pensées s'assombrirent, et il lui fallait toute sa volonté pour ne pas abandonner son plan et prendre son corps en ce moment pour la posséder et la forcer à être à son service.

Il décida qu'il devait aller chercher l'une des salopes de l'entreprise pour résoudre sa frustration avant de perdre sa détermination.

Claquant ses fesses, il l'a réveillée:

"Petite salope, tu as été un assistant personnel inutile ce matin, alors retourne à ton bureau et continue ton travail. Je t'appellerai si j'ai besoin de toi."

Il sourit quand le jouet bourdonna brièvement, la faisant haleter et comprendre sa signification trop clairement.

Il l'aida à se lever de ses genoux, souriant alors qu'il contemplait son regard échevelé et ses cuisses humides luisantes.

«Tu peux utiliser ma salle de bain pour te nettoyer, petite salope, mais laisse le jouet là où il est. Il sourit alors qu'elle haletait brièvement.

"Si j'aime."

Alors qu'elle se précipitait vers la salle de bain et se regardait dans le miroir, elle se demanda si elle arrêterait un jour de rougir quand elle serait avec lui.

Fixant rapidement son maquillage, et essuyant l'évidence du plaisir qu'il lui procurait, elle grimaça en se retournant pour voir son cul rougi.

En sortant de la salle de bain, elle vit qu'il était parti sans dire un mot et retourna à son bureau se sentant étrangement seul sans sa présence constante.

EXPOSÉ DEVANT D'AUTRES

Quelques heures plus tard, il sentit le jouet recommencer à bourdonner quelques instants avant de revenir, l'air détendu et lui souriant joyeusement.

Renvoyant le sourire sur son visage à sa vue, il se déplaça derrière elle en regardant par-dessus son épaule vers son ordinateur et plaça ses deux mains sur ses seins en les serrant jusqu'à ce qu'elle gémisse doucement.

"Travailler dur mon petit esclave ?"

Avant qu'elle ne puisse répondre, elle vit Alan s'exhiber avec Anne, la bombe blonde de la réception, à ses côtés.

"Bonjour, M. Clarkson," sourit Susan, essayant d'ignorer le fait que les mains de son Maître pétrissaient encore ses seins, bien que le rougissement qui couvrait son visage en dise beaucoup.

« Susan chérie tu m'as manqué ce matin, j'espère que tu n'avais pas de problème.

Alan Clarkson, apparemment toujours exubérant, fit un clin d'œil et gloussa :

"Anne est mon assistante personnelle maintenant et je dois l'emmener faire du shopping pour que je puisse la former correctement à tout ce que son nouveau rôle implique."

Il sourit à Susan.

« Robert veut aussi des choses pour vous, chanceuse, mais nous devons connaître certaines tailles et mesures. Bien que d'après ce que je peux voir, votre entraînement a été très pratique.

Il rit de bonne humeur et regarda les mains de son maître recouvrant toujours ses petits seins.

"Allons à mon bureau pour faire une liste."

Son maître a ri avec Alan, la soulevant par les seins et la tapotant légèrement pour la faire bouger.

L'emmenant au centre de la pièce, il lui ordonna de la regarder:

"Susan, mets-toi nue pour qu'Anne puisse avoir des mesures précises."

Il la regarda d'un air sévère pendant qu'elle hésitait.

Elle se figea d'incrédulité, le jouet bourdonnant plus fort la faisant haleter et lever les yeux et il haussa un sourcil.

Elle déglutit, secouant légèrement la tête.

«MAINTENANT Susan! La colère éclata dans ses yeux alors qu'il la regardait.

Touchant avec des mains tremblantes, elle laissa tomber sa jupe et enleva sa veste et son chemisier et les tendit à Anne, qui vérifia les tailles et prit des notes.

"Le soutien-gorge trop Susy, tu peux garder ta culotte sale pour l'instant."

Il a continué à la fixer.

Elle a été mortifiée par ses paroles et a retiré son soutien-gorge.

Ils se sont éloignés d'elle une fois qu'elle avait fini de se déshabiller.

Les deux hommes se sont déplacés vers le bureau de leur Maître pour discuter de leur liste à voix basse, la regardant de loin.

Mortifiée à l'intérieur, elle est restée presque nue et frissonnante alors qu'Anne se touchait et prenait des mesures de diverses parties de son petit corps, y compris ses poignets, ses chevilles et sa gorge pendant ce qui semblait être une éternité.

Les mains de la femme blonde semblaient l'exciter encore plus alors que le jouet bourdonnait la rendant plus mouillée et ses tétons incroyablement durs, ajoutant à son humiliation.

Alan sourit en voyant Anne enfin se lever et enrouler le ruban à mesurer.

"Viens esclave, allons faire du shopping!" Susan se tendit, mais il prit Anne par le bras et la conduisit hors de la pièce en disant par-dessus son épaule. «Nous vous reverrons dans quelques heures Robert.

Les yeux de Susan s'écarquillèrent au mot esclave adressé à une autre fille et elle se tourna pour les regarder partir.

Lui faisant signe de se rapprocher, désignant un endroit sur le sol derrière son bureau près de lui, il la regarda presque nue alors qu'elle se mettait sur place.

« As-tu aimé porter cette culotte sale toute la journée?

Il passa une main sur sa hanche et sa chatte sentant son humidité.

"Non mon maître".

Il a souri.

"Eh bien enlève-les et la prochaine fois que tu seras tenté de porter une culotte, pense à ce que tu as ressenti."

Son sourire devint sérieux.

"Tu ne porteras plus rien qui couvre ta petite chatte sans mon autorisation expresse. Tu me comprends esclave? Ou ton malaise sera bien pire, je te le promets."

Ses yeux scrutèrent les siens pour s'assurer qu'elle comprenait que cela, comme toutes ses commandes, n'était pas négociable.

Enlevant sa culotte détrempée et tachée, elle se tenait frissonnante et nue devant lui, respirant lentement et murmura:

"Oui mon Seigneur."

Caressant légèrement sa fesse, il la poussa vers le bas, la penchant sur ses genoux, parlant doucement, mais avec une pointe dans sa voix.

« Comme tu es mon esclave, quand je te demande de faire quelque chose que tu obéis, est-ce que cet esclave a raison?

Sans lui laisser le temps de répondre, et en caressant son beau cul, continua-t-il à dire.

"C'est ce que tu as accepté. Cependant, pour la troisième fois aujourd'hui, je me retrouve à devoir te punir."

Il n'avait pas quitté sa chambre pour lui répondre et il sourit lorsqu'elle gémit.

"Ton hésitation quand je t'ai demandé de te déshabiller n'était pas acceptable, tu m'obéiras esclave, peu importe qui est autour."

Il la sentit tendue alors qu'elle décrivait son dégoût.

«Vous devez avoir confiance que je ne vous mettrai pas en danger. Alan est aussi un Maître et Anne son esclave.

Il laissa la tristesse et la déception s'insinuer dans sa voix.

«Ton refus de te déshabiller quand je t'ai commandé était un reflet non seulement de toi, petit esclave, mais de moi en tant que ton maître.

Elle tressaillit au ton de sa voix, se trouvant honteuse de l'avoir encore bouleversé, le besoin de lui plaire l'avait réveillée plus tôt lui donnant envie de lui demander pardon.

Elle a commencé à exprimer son appel, mais l'a réduite au silence.

«Je comprends que tu te sens comme un esclave et cela m'attriste de devoir te punir à nouveau, mais tu apprendras à me faire confiance et à m'obéir dans tout ce que je te demande.

Elle gémissait d'embarras, ainsi que la chaleur qui s'accumulait en elle causée par sa main caressante et le jouet bourdonnant au fond de sa chatte dégoulinante.

Elle sentit sa main se lever et elle se redressa en pensant qu'il lui donnerait une fessée, mais elle fut remplacée par la sensation d'une fine verge caressant sa peau.

Pendant ce temps, sa main gauche bougeait sous elle pour caresser sa chatte et ajouter plus de plaisir au mélange d'émotions qui la parcourait.

Elle se tortilla à ses touches, mais eut un grincement de surprise quand la canne lui claqua le cul, mordant sa chair, la faisant sauter sur ses genoux, lui donnant un coup de pied.

Elle sentit ses doigts s'enfoncer dans sa chatte et son clitoris la tenant en place et elle hurla à nouveau, ses halètements et ses gémissements se transformant en miaulements douloureux et en halètements érotiques alors qu'il la frappait deux fois de plus alors qu'il continuait à enfoncer ses doigts dans sa chatte.

Trois marques rouges piquantes sont apparues sur sa peau à cause de chacune de ses transgressions ce jour-là.

Il pouvait sentir les marques brûler sur sa peau alors que le bâton cruel était à nouveau remplacé par sa main.

Ses doigts se tordirent et tirèrent sur son clitoris gonflé alors qu'il frappait durement les lignes bouclées sans relâche, la faisant se tordre et se pencher sur ses genoux en gémissant de douleur et d'excitation.

Il observa l'exquis petit corps rougi sur ses genoux.

Sa joie et son excitation étaient évidentes alors qu'il la regardait jouir et pleurer pour lui.

Il était son Maître, un souhait qui attendait depuis longtemps qu'il se réalise.

À la fin de la semaine, elle accepterait volontiers sa place comme son esclave ou il la prendrait de force si nécessaire, mais elle savait qu'il ne pouvait pas la laisser partir.

Il reprit la parole doucement et grogna:

"Viens pour ton Maître, petit esclave. Montre-moi combien tu aimes ma punition."

Son corps se tordit, se cambra, se crispa et tremblait alors qu'il explosait à son ordre.

Son esprit était perdu, flottant dans un nuage de plaisir et de douleur pour la troisième fois de la journée.

Elle a crié pour lui et est venue.

NOUVEAUX VÊTEMENTS POUR SUSAN

Susan s'est réveillée étourdie et confuse, toujours nue.

Elle était blottie dans les bras du Maître sur le grand canapé rempli de mousse de son bureau.

Il la tint doucement, de manière protectrice, comme celle d'un doux amant.

Cependant, son corps lui disait le contraire et elle avait désespérément besoin d'étirer ses muscles endoloris.

Doucement, elle essaya de se libérer de ses bras pour la sentir se resserrer autour d'elle.

Abandonnant, elle roula ses bras derrière son dos et étira son corps en sentant les muscles protester et ressentir plus de douleur.

Elle le regarda dans les yeux alors qu'il la regardait.

Relâchant enfin son étreinte et passant ses mains sur son corps alors qu'elle s'étirait comme un chat.

"Tu es à moi." Il a simplement dit.

Frappez sa hanche légèrement

«Il se fait tard, petite Susy, tu as dormi un moment, j'ai une voiture qui t'attend devant les escaliers pour te ramener à la maison.

Il lui sourit doucement.

"Tu ferais mieux de t'habiller et de rentrer chez toi, avant que je trouve plus de choses que tu peux faire ici."

Ses yeux s'écarquillèrent et il rit.

"Vous pouvez dire à quiconque demande que je vous ai gardé tard au travail à des fins de formation."

Il rit sincèrement de son visage rouge alors qu'elle se levait et regardait sa robe.

Elle grimaça, sentant un tourbillon d'inconfort en lissant la jupe sur ses fesses.

Elle est allée brièvement dans sa salle de bain pour se coiffer et se maquiller du mieux qu'elle pouvait avant de marcher derrière son bureau pour récupérer la culotte sale jetée.

Culotte à la main, elle se présente docilement en demandant:

«Voulez-vous m'excuser pour la journée, Maître?

Il lui sourit et se leva pour l'embrasser profondément.

Surprise, elle poussa un petit cri en sentant ses lèvres sur les siennes, surprise par le baiser.

Après tout ce qui s'était passé ces derniers jours, c'était son premier vrai baiser et elle fondit avec lui.

Il la porta à son bureau, sans rompre le baiser.

Le plaçant soigneusement sur la table pour qu'elle récupère son sac à main, il parla doucement:

"Oui, mon esclave, tu m'as enfin plu aujourd'hui."

Il laissa une trace de sourire passer sur son visage alors qu'il la taquinait.

"Rentrez chez vous, avant que je change d'avis."

Il lui tapota le cul en appréciant ses gémissements et la quitta, retournant à son bureau.

J'étais plus que satisfait.

Mais il ne savait pas à quoi s'attendre lorsqu'elle s'est réveillée le lendemain matin.

Il se demandait s'il l'avait emmenée trop loin le jour de sa punition.

Il se sourit.

Elle était adorable dans sa soumission naturelle, et bien qu'à un moment de la journée, elle semblait sur le point de partir, elle était restée.

* * *

La voiture l'attendait comme il l'avait dit.

Le chauffeur était sympathique et une fois à l'intérieur, il lui a remis un sac d'un restaurant local.

"M. Robert m'a demandé de vous chercher quelque chose à manger, car il vous garderait éveillé tard pour une séance d'entraînement."

Il sourit à la surprise et à la couleur rose qui se glissait sur ses joues alors qu'elle prenait le sac et le remerciait.

Le chemin du retour était silencieux.

Il la regarda dans le miroir alors qu'elle regardait par la fenêtre sans vraiment voir le paysage, les yeux perdus dans ses pensées sur sa journée.

Il sourit en posant ses doigts sur ses lèvres, pensant à tout ce qui s'était passé.

Et à propos de ce qui s'est passé, c'est son baiser qui a été retardé.

La vérité était qu'elle aimait les choses qu'il lui faisait faire, des choses qu'elle n'aurait jamais faites seule ou avec son petit ami.

Elle aimait pouvoir prétendre qu'elle était une «bonne fille» qui était forcée au lieu d'admettre que chaque nouvelle expérience qu'il lui offrait excitait son esprit et son corps.

Pourtant, de toutes ces choses, c'était le baiser qui la restait.

L'intimité de son baiser profond et passionné avait été très différente de la manière autoritaire et calme dont il avait provoqué et apporté du plaisir et de la douleur dans son corps, lui faisant ressentir de la culpabilité et de la honte, du besoin et du désir.

Elle savait que ce qu'elle faisait, être son esclave, n'était pas juste et jusqu'à ce soir, elle s'était demandé à quel point elle pouvait être mal avant la fin de la semaine.

Il toucha à nouveau ses lèvres, mais le baiser sembla ne pas le faire se sentir si mal.

Il avait ressenti son amour et sa passion pour elle dans ce seul baiser.

* * *

Elle se jeta sur son lit et se retourna en essayant de dormir.

"Elle avait grandi en le connaissant comme faisant partie de sa famille, presque comme un oncle. Elle aimait sa femme indulgente et intime et était amie avec son fils!"

Elle ôta les couvertures et regarda le plafond plein de culpabilité et de honte.

"Qu'est-ce qui lui arrivait?"

Elle gémit doucement alors que sa main caressait son corps revivant la journée, sa colère, sa peur, sa déception, sa honte, son désir, son besoin de lui plaire et enfin la passion de son baiser.

Elle est venue pour la quatrième fois ce jour-là et s'est finalement endormie.

* * *

Il s'est réveillé et a rampé dans la douche, ses sentiments de culpabilité et de honte lui revenant à l'esprit.

Elle avait presque peur d'aller travailler et de trouver ce que cette journée lui réservait, elle se sentait mal et envisagea un instant d'appeler pour dire qu'elle était malade, avant de secouer la tête.

La panique le quitta quand il sortit de la salle de bain et il jura doucement quand il réalisa qu'il serait en retard.

Il s'habilla rapidement et descendit les escaliers pour s'envoler vers la porte.

Il a couru pour se prendre directement dans les bras de son chauffeur de la veille.

Il l'a attrapée au moment où elle a commencé à courir vers le bus.

« Susan »

Elle leva les yeux.

"Calme-toi ma fille. M. Robert m'a envoyé te chercher ce matin."

Elle recula et ouvrit la portière qui la menait dans la voiture.

Elle obéit docilement, stupéfaite par sa présence.

Il a vu deux boîtes, placées sur le siège à côté de lui, alors qu'il montait.

L'un contenait des biscuits à la cannelle décorés de visages souriants et de leur jus préféré.

Et dans une boîte plus grande se trouvait une note qui lui était adressée.

Elle lut:

«Bonjour mon esclave, j'espère que tu as bien dormi, j'ai l'intention de prendre soin de toi comme mon trésor le plus précieux, mais il reste encore beaucoup à apprendre sur la façon de plaire à ton maître. Tu es jeune et belle, tu ne devrais pas porter ces vêtements de travail à l'ancienne que ta mère t'a choisi. Prends un petit-déjeuner rapide et enfile ta combinaison avant d'arriver au travail. Ne t'inquiète pas pour le chauffeur, fais confiance et obéis. Robert. "

Frappant l'épaule du conducteur, elle a demandé si elle pouvait s'arrêter dans un café ou quelque part avec une salle de bain, mais il a secoué la tête.

"Non. Ils m'ont dit d'en parler sans s'arrêter, mademoiselle."

Elle se rassit en mangeant et réfléchissant à ce qu'il fallait faire.

Elle ne voulait pas être punie au moment où elle est entrée.

Finissant les biscuits et le jus, elle se laissa tomber dans un coin de la voiture et tint sa veste contre sa poitrine alors qu'elle se changeait en chemisier en soie blanche qu'elle avait pris dans la boîte.

Ses tétons se durcirent et se pressèrent à travers le tissu mou à la pensée du conducteur la regardant, mais elle n'allait pas se regarder dans le miroir pour vérifier.

Elle sortit la jupe plissée bleu marine de la boîte et se pencha en avant pour couvrir sa nudité.

Elle ôta sa jupe et remit la nouvelle à sa place.

Essayant de faire de son mieux, elle avait mis le chemisier et la jupe plissée au lieu du chemisier et de la jupe qu'elle portait.

Prenant une petite veste de la boîte et la plaçant sur le siège à côté de lui, il vérifia la boîte pour s'assurer qu'elle était déjà vide.

Elle a trouvé des bas de dentelle blanche à hauteur de cuisse et une note plus petite ...

«Gardez votre jupe en place pendant que vous enfilez vos bas et le chauffeur vous donnera le dernier morceau de votre tenue. Faites confiance et obéissez, petit esclave. Robert.

Mortifiée, elle pensa qu'il l'avait probablement regardée changer de toute façon, alors elle remonta sa jupe et remit les bas en place, l'élastique se resserrant sur ses cuisses.

Le chauffeur a souri dans le miroir et lui a tendu une paire de chaussures à talons hauts bleu marine assorties au costume.

Le visage rougi de rougeur, elle prit les chaussures avec un doux «Merci» et mit ses vêtements dans la boîte vide.

Il se pencha en arrière, enfila ses chaussures et évita les yeux du conducteur pour le reste du trajet.

* * *

En sortant de la voiture et en enfilant sa veste de costume, elle découvrit que son large revers encadrait ses seins ronds, et les deux boutons bas la tiraient de sa taille pour élargir ses petites hanches.

Lissant la jupe courte plissée qui recouvrait à peine le haut de ses bas, elle se pencha vers la voiture.

Réalisant que trop tard ses fesses nues seraient montrées, elle attrapa la boîte de ses vieux vêtements et entra vivement dans le bâtiment ignorant le sourire sur le visage du conducteur.

Elle l'a remercié pour le voyage et il lui a souhaité une bonne journée.

* * *

Elle atteignit son bureau, rangea son sac et sa boîte sous lui, et entra dans son bureau en attendant silencieusement qu'il prenne note alors qu'il terminait un appel téléphonique.

Il sourit doucement et désigna un endroit devant son bureau.

Elle marcha nerveusement sur ses talons hauts alors qu'elle marchait plus loin dans le bureau.

Elle se tenait devant lui alors qu'il contournait son bureau et l'inspectait silencieusement.

Sa main remonta sur sa cuisse et sous sa jupe courte pour saisir et serrer son cul, souriant alors qu'elle se mordait la lèvre et reprenait son souffle.

"Eh bien mon petit esclave, tu m'as plu avec ton obéissance. C'est l'une des tenues que l'esclave d'Alan a choisi pour toi hier, tu aimes ça?"

"Oh oui Maître. Merci beaucoup."

Ses mains prirent en coupe ses beaux seins et jouèrent avec ses tétons à travers le tissu transparent, les rendant aussi durs que des pointes de flèches.

"Enlève ta veste."

En regardant ses yeux expressifs, il resserra sa prise, pinçant les boutons durs entre ses doigts alors qu'elle enlevait sa veste.

Son souffle se fit haleter, ses yeux s'écarquillèrent et un gémissement lui échappa.

"Une si jolie petite salope, mon chauffeur était tellement impressionné."

Ses yeux passèrent sur elle.

«J'avais raison, tu pouvais passer pour une écolière coquine dans cette tenue.

Il recula d'un pas, se penchant négligemment sur le bureau, la regardant rougir.

"Déshabille-toi, esclave, tout sauf des chaussures et des bas. Il y a d'autres choses que je veux te voir porter avant de commencer notre journée."

Se retournant vers elle alors qu'elle se déshabillait, il lui caressa doucement les fesses, avant de les gifler et de se pencher contre son oreille pour grogner:

"Le Maître apprécie le rougissement rose sur vos fesses."

Serrant fort son cul jusqu'à ce qu'elle gémisse, il sourit et la frappa à nouveau.

La prenant par le bras, il la conduisit autour de son bureau, la plaçant à côté de lui alors qu'il prenait place.

« Agenouillez-vous, esclave.

Elle s'agenouilla alors qu'il la regardait.

"C'est le bon endroit pour un esclave et tu l'apprendras bien aujourd'hui. Quand tu viendras à moi, tu t'agenouilleras toujours."

"Oui monsieur"

Elle le regarda ouvrir un tiroir et sortir plusieurs chaînes en or avant de se tourner à nouveau vers elle.

Il a parlé, doucement mais sévèrement.

"Il y a des choses que vous porterez pour moi qui ne sont pas des vêtements. Mettez vos mains derrière votre cou et gardez-les là." Il regarda la perplexité envahir son visage alors qu'elle déplaçait ses mains derrière son cou en laçant leurs doigts.

Il a revu sa position d'un œil critique, tendant la main pour ajuster ses coudes en les tirant vers l'arrière, la faisant se cambrer contre lui et pousser ses seins vers l'avant.

En les caressant brutalement et en taquinant les tétons avec plus de pincements, il reprit la parole.

"Je ne vais pas encore vous demander de les percer, mais j'aimerais qu'ils soient décorés correctement."

Choisissant une chaîne, il tira sur ses tétons en les passant à travers de petits anneaux à chaque extrémité de la chaîne.

Ils étaient suffisamment serrés pour tenir la chaîne, mais sans endommager la peau.

Il tira sur la chaîne et gifla sa mésange gauche, la faisant gémir et laissant ses yeux humides.

Les liens de la chaîne se resserrèrent autour de ses mamelons alors que sa poitrine gonflait.

Après avoir tapoté ses seins plusieurs fois, il a attrapé la chaîne et l'a tirée fort, étirant la viande de ses seins avant que la chaîne ne se détache.

Elle gémit, trembla et des larmes coulèrent sur ses joues à cause de la piqûre.

Sa bite sursauta alors qu'il la regardait.

Elle a répété le processus en pinçant et en serrant grossièrement ses mamelons et en martelant ses seins alors qu'elle essayait cinq chaînes différentes, tirant chacun de ses mamelons avec de forts tiraillements alors qu'elle essayait une autre chaîne.

La chaîne qu'elle a finalement choisie était décorée de petites cloches accrochées aux boucles qui sonnaient à chacune de ses gifles.

Maintenant, ses yeux étaient pleins de larmes de douleur alors qu'il corrigeait sa posture une fois de plus.

Utilisant sa chaussure pour pousser ses genoux, il grogna.

"Ouvre tes cuisses, petite salope, je veux voir comment ta chatte brille, pendant que tu apprécies la douleur que je te donne."

La rougeur sur son visage correspondait presque aux empreintes de mains rouges recouvrant ses seins alors que sa poitrine se soulevait.

Elle sentit le spasme de sa chatte et cela coulait encore plus à ses mots.

«Comment pourrait-il profiter de ça?

Sa poitrine palpitait de chaleur et de douleur.

"Il doit y avoir quelque chose qui cloche avec moi, ce n'était pas normal. Il n'y avait pas de douces caresses ou de regards anxieux entre eux. Juste des ordres, de l'obéissance, de la douleur et du plaisir."

Son esprit retourna au baiser d'hier et ses lèvres tremblèrent avec son corps alors qu'elle frissonnait au souvenir des émotions qu'elle avait ressenties.

Pressant sa chaussure contre sa chatte, il frotta son orteil sous le cuir de son clitoris gonflé et regarda son halètement augmenter et son corps trembler, faisant tinter joyeusement les petites cloches sur ses seins rouges et douloureux.

Je pouvais voir la chaleur dans ses yeux alors que ses hanches roulaient sur sa chaussure en la frottant.

Il a continué à jouer avec sa chatte en frottant le cuir dur sur son clitoris gonflé et le trou dégoulinant.

Son corps a continué à onduler et à balancer ses hanches contre sa chaussure en quête de plaisir.

Il passa ses doigts dans ses cheveux et les tordit en ramenant sa tête en arrière et se pencha pour presque presser ses lèvres contre sa bouche haletante, chuchotant durement:

"Viens pour le plaisir de ton Maître, petite salope qui aime la douleur. Tu es à moi."

Il la regarda se cambrer plus fort contre sa chaussure, se tendre et frissonner avant de crier avec son sperme qui recouvrait ses cuisses et sa chaussure.

"Elle était si belle à genoux devant lui."

Il la regarda dans les yeux alors que sa bite durcissait douloureusement prise dans son pantalon.

Il prit sa main dans ses cheveux, relâchant la forte prise pour la caresser alors qu'elle se calmait.

Ses jambes tremblantes se penchaient pour nicher ses fesses sur ses talons.

Alors qu'elle se remettait de sa course, il lui dit:

"Nettoie ma chaussure. Esclave"

La voyant commencer à bouger pour serrer sa main dans ses cheveux et il poussa sa tête vers le bas.

« Avec ta langue, petite salope, goûte à quel point tu es douce.

Il la regarda alors que sa tête se baissait en adoration sur ses pieds et sourit.

Son nez se plissa de dégoût et son visage rougit vivement alors qu'elle léchait son jus de sa chaussure.

Il la tint contre sa chaussure jusqu'à ce qu'il soit convaincu qu'elle avait fini.

Repoussant ses pieds, il garda un bras sur elle alors qu'elle se levait sur ses talons hauts et les cloches suspendues à ses mamelons tintaient doucement.

"Tu as beaucoup à faire aujourd'hui, esclave, alors tu as vu cette salope excitée que tu as"

Ponctuant ce qui était dit avec une tape sur les fesses, il se pencha en arrière et la regarda alors qu'il boutonnait son chemisier sur ses seins maintenant décorés.

La chaîne qui faisait ressortir délicieusement ses tétons contre la soie pure, les cloches clairement visibles en dessous.

Jetant un coup d'œil dans le tiroir ouvert, il inséra les chaînes inutilisées et ramassa un autre article avant de se lever et de l'inspecter quand il eut fini de s'habiller.

Pinçant ses tétons enchaînés entre la soie, il l'attira vers son bureau avant de relâcher ses doigts et de la renverser et de lui marteler le cul à nouveau.

Elle gémit, mouillant à nouveau ses yeux alors qu'elle réalisait la douleur et la chaleur constantes dont il la couvait ce matin.

Elle tremblait quand il lui expliqua qu'il utiliserait encore une chose ce matin et que plus vite elle terminerait les tâches qu'il lui avait confiées, plus tôt il la lui prendrait.

Elle le regarda avec curiosité alors qu'il portait un petit objet en plastique rose devant son visage.

Celui-ci avait la forme d'une petite carotte, mais sa curiosité a été remplacée par la peur quand il a expliqué où il l'utiliserait.

Elle se tortilla sous sa main crispée sur son dos, ses jambes pressées contre les siennes.

Je pouvais sentir sa bite dure dans son pantalon.

Des images de lui la possédant emplirent son esprit alors que sa forte emprise s'affaiblissait pour la caresser plus doucement.

Sa voix murmura doucement à son oreille pour la calmer.

Voyant la peur entrer dans ses yeux, il s'arrêta presque, mais elle avait si bien fait dans son obéissance à tout ce qu'elle avait voulu ce matin.

Elle avait besoin de savoir que rien ne lui était interdit dans ce qu'il lui demanderait, alors elle se pencha à son oreille et lui murmura:

"Vous, mon esclave, porterez ceci parce que je suis votre Maître et j'aime ça."

Sa main posa le jouet sur le bureau en caressant la peau douce de ses fesses.

"Petit esclave, tu veux faire plaisir à ton Maître, non?"

Il parla et la caressa comme il le ferait avec un animal nerveux.

Chuchotant son besoin de posséder chaque partie d'elle, de la dominer et de la posséder complètement.

Bougeant sa main caressant la chair rose vif de son cul, passant un doigt entre ses fesses vers sa petite chatte humide, il la provoqua en caressant doucement ses fesses, enduisant à nouveau son jus, mais maintenant sur le trou sombre et plissé de ses fesses.

Soulevant le jouet devant son visage, elle murmura:

"Vous utiliserez ceci, esclave, pour moi, votre Maître."

Roulant le jouet sur sa chatte humide, la recouvrant de son sperme, elle l'a ensuite pressé contre ses fesses.

La regardant se tendre et se serrer, il leva sa main de son dos et lui frappa légèrement le cul.

"Détends-toi, petit esclave, fais confiance à ton Maître."

Il poussa plus fort sur le petit plug en regardant son anneau anal commencer lentement à s'étirer autour de lui.

Elle sentit des vagues d'émotions contradictoires la traverser.

Puisqu'il était à sa merci, elle se mordit la lèvre sachant à quel point c'était chaud pour lui.

Ses doigts pénétrants réchauffèrent à nouveau sa chatte sensible alors qu'elle sentait son autre main jouer sur son cul.

Elle frissonna en entendant ses chuchotements et en sentant sa bite dure contre sa hanche.

Pendant qu'il prenait le jouet et jouait plus avec sa chatte et son cul jusqu'à ce qu'elle ne puisse plus le supporter et qu'elle gémissait à nouveau et bougeait ses hanches.

Elle le sentit ramener le bouchon sur son cul et le presser contre elle.

Elle se tendit et il la gifla.

Il ferma les yeux et prit une profonde inspiration en miaulant à la sensation étrange de se faire enculer.

C'était si grand en elle, mais elle savait que ce n'était pas le cas.

Son esprit oscillait entre la chaleur de sa chatte humide et la sensation pas si douloureuse, mais excitante dans son cul alors que son anneau anal se resserrait autour du plug pour le maintenir en place.

Il grogna en voyant le bouchon disparaître à l'intérieur de la fille qui gémissait après lui.

Désireux de voir son visage alors qu'elle portait le plug, il la souleva pour que la jupe se remette en place couvrant son derrière.

Alors qu'elle le regardait avec les yeux mouillés et son rougissement brillant sur ses joues.

Il lui tapota le cul et attrapa le plug avec ses doigts et jouer avec tout en regardant les émotions qui recouvraient son visage.

Il sourit à son doux visage alors qu'il se penchait pour embrasser ses lèvres tremblantes.

"Vous m'avez beaucoup plu ce matin, mon esclave. Mais je vous préviens que ce sera une journée assez longue pour vous. Donc si vous avez des projets pour ce soir, j'ai besoin que vous annuliez. Trouvez une excuse." Il lui sourit.

"Et vous pouvez dire à vos parents que vous assisterez à un dîner de partenaire d'affaires avec moi car j'aurai besoin de vos compétences extraordinaires et uniques."

Elle l'entendit se mordre la lèvre, rougissant alors qu'il jouait avec le plug sur son cul et la crispation de sa chatte à ses mots.

«Elle lui avait plu!

Elle était étonnée de ce que cela lui faisait ressentir avec son baiser ajoutant du plaisir à sa joie.

Elle s'avança pour brosser sa bite, réalisant à quel point elle voulait la sentir en elle au lieu des jouets qu'il lui faisait utiliser tous les jours.

La réalisation de cela fit brûler encore plus ses joues, son esprit imitant son ton imposant:

"Toi, petite Susy, tu es devenue sa pute."

Elle ne pouvait s'empêcher de ressentir la joie qu'elle éprouvait à lui plaire à la lumière des déceptions d'hier.

La honte et l'humiliation de la façon dont elle lui plaisait la submergèrent brièvement.

Il pencha sa tête vers son menton et la regarda dans les yeux en voyant ses émotions contradictoires, lui sourit et l'embrassa profondément.

Elle a fondu à nouveau.

* * *

Elle s'assit un peu mal à l'aise à son bureau et appela ses parents pour leur dire qu'elle allait à un dîner de travail, un ami qu'elle avait pensé rencontrer pour un café après le travail et le petit ami qu'elle avait déjà reporté. pour le week-end.

Ainsi, les appels téléphoniques ont été rapidement terminés et elle a envoyé à son Maître un message instantané pour le lui faire savoir.

Il la rappela à son bureau et elle entra dans la pièce en fermant la porte derrière elle et en marchant vers son bureau avant de s'agenouiller pour se tenir devant lui.

Il l'a inspecté et ajusté sa position avant de continuer.

Elle écouta attentivement pendant qu'il expliquait la position à genoux aux esclaves: les genoux ouverts, les mains derrière le dos, la tête légèrement inclinée vers lui et les lèvres écartées.

Elle a expliqué la position assise des esclaves, qui était très similaire à celle de s'agenouiller, avec laquelle elle pouvait reposer ses genoux en s'asseyant avec ses fesses bercées sur ses talons.

Si on vous demandait de vous montrer lorsque vous étiez à genoux ou debout, vous seriez les mains derrière le cou et tireriez vos coudes et vos épaules en arrière comme vous le faisiez auparavant.

Il lui a demandé de pratiquer cela, en utilisant une commande d'un mot pour s'agenouiller, s'asseoir ou exposer, pendant qu'il lui parlait des tâches pour le reste des jours.

Il y aurait un déjeuner tardif avec des amis de son club dans la salle de réunion de son bureau.

Vous ne seriez pas obligé de cuisiner ou de servir aujourd'hui, mais cela ferait partie de vos fonctions à d'autres moments.

Il l'a avertie sévèrement qu'elle ne devait pas hésiter à obéir à ses ordres aujourd'hui ou que les punitions dépasseraient de loin ce qu'elle a subi hier.

Elle frissonna et murmura un:

"Oui Maître".

« Tu me feras confiance, petite Susy, que de toutes les possessions que j'ai, tu es la plus précieuse.

Il la regarda dans les yeux et vit ses yeux s'écarquiller de confusion.

"Oui esclave, tu es ma propriété. Tu es un trésor précieux et tu es à moi."

Son cerveau lui criait:

"Une semaine, j'ai accepté, c'était un match!"

Son esprit tournait, "Il ne se souvenait même pas avoir exprimé son accord pour la semaine. Comment avait-il accepté cela? Il parlait comme s'il voulait la garder comme son esclave pour toujours!"

Son visage montra son sentiment croissant de peur quelques instants avant que sa bouche ne descende sur la sienne dans un baiser passionné profond.

Elle pouvait sentir son désir, son besoin d'elle, son amour dans ce baiser et elle se fondit dans son esprit, cessant de l'interroger, se rappelant qu'il avait promis qu'ils parleraient à la fin de la semaine.

Rompant leur baiser, il se mit à genoux où elle était essoufflée et se tourna vers son bureau.

Il a placé plusieurs dossiers sur le bord de son bureau, pour qu'elle les distribue personnellement, et dans l'ordre où elle les avait arrangés, à certains des cadres, ainsi qu'une liste détaillant une variété de tâches pour toute l'entreprise, y compris la vérification. de préparer la nourriture pour votre déjeuner.

Elle a pris tout ce qu'il lui a expliqué et a dit doucement:

"Oui, Maître" quand il semblait avoir fini, mais il est resté où il était jusqu'à ce qu'il lui dise le contraire.

En regardant sa montre, il suggéra:

« Tu ferais mieux de te dépêcher petit esclave, la formation a pris plus de temps que ce que j'avais prévu et tu as encore beaucoup à faire avant l'arrivée de mes invités.

Il retourna brusquement à son travail et elle s'agenouilla pendant un moment confus avant de se lever, de saisir les fichiers et la liste, et de retourner à son bureau pour trier les tâches et la meilleure façon de les aborder.

Elle lui a envoyé un message instantané pour l'informer de son départ de son bureau.

"Dépêchez-vous alors esclave. Vous avez deux heures. Ne vous attardez pas parce que toutes les dix minutes vous êtes en retard je vous punirai"

Elle a flashé ce message de réponse sur son écran et s'est précipitée.

Elle trouva que ses nouveaux talons plus hauts que la normale lui faisaient bouger davantage les hanches et que la jupe plissée roulait et rebondissait à chaque pas.

Il tenait les dossiers contre sa poitrine pour que les cloches ne sonnent pas.

Il a failli voler dans les cuisines et autres tâches avant de remettre les dossiers pour se protéger le plus longtemps possible.

Souriant et parlant peu alors qu'elle allait vérifier les cuisines et d'autres petites tâches faciles à faire, elle était toujours très consciente de la chaîne et du bouchon qu'elle utilisait pour lui, craignant que la chaleur qu'elle ressentait constamment entre ses jambes ne devienne évidente pour tout le monde. personne, par tous ceux qui l'ont vue.

Il a vérifié sa montre avec bonheur au moment où cela prenait et a finalement commencé à remettre personnellement des fichiers et des notes aux cadres.

Consciente de la longueur de sa jupe et de la finesse du haut sur ses seins enchaînés sans soutien-gorge, elle rougit furieusement lorsque les yeux des destinataires du dossier la balayèrent ou s'attardèrent trop longtemps sur elle.

Elle a essayé de garder les dossiers qui collaient à sa poitrine, mais la plupart du temps ils lui ont demandé de les mettre sur la table et d'attendre pendant qu'ils vérifiaient ce qu'elle leur avait apporté.

* * *

Bien qu'il vérifiait constamment sa montre, il se rendit compte qu'il allait déjà être en retard à son bureau lorsqu'il atteignit sa dernière course, qui était au bureau d'Alan Clarkson.

Voyant Anne à son bureau qui lui souriait, Susan rougit et se rapprocha.

"Merci pour la belle tenue, Anne. Elle me va parfaitement." Chuchota presque Susan.

Anne rit joyeusement.

"Je vois comme ça te va bien! Oh, chérie, je pense que c'est fabuleux, même si j'ai déjà imaginé que ça te conviendrait très bien. Laisse-moi dire au Maître que tu es là qu'il voudra te voir aussi!"

"J'ai un dossier pour lui."

Elle s'est exclamée, choquée de réaliser qu'Anne était aussi une esclave.

Susan la regarda avec des yeux plus critiques remarquant la façon dont elle était habillée.

"Génial. Donc, nous accomplissons deux objectifs en une seule visite," il cligna de l'œil et rit à nouveau en tapant un message instantané sur l'écran et en attendant une réponse.

Elle a ri de sa réponse, expliquant qu'il aimait l'analogie des deux cibles.

Sortant de son bureau, il prit Susan par le bras en la conduisant dans le bureau d'Alan Clarkson.

Alan est sorti de derrière son bureau.

"Donne-moi le dossier et laisse-moi te regarder Susan, chérie."

Il la regardait comme un loup affamé tendant la main pour prendre le dossier.

Rougissant profondément, il lui tendit le dossier.

Il émit un son "hmm" et l'entoura.

«Montre-toi, petite Susan.

Ses yeux s'écarquillèrent et elle leva les yeux vers son visage pour une blague, mais n'en vit aucune, alors elle élargit sa position et leva les mains vers la nuque derrière son cou.

"Ooh cloches, comme c'est adorable. Je savais qu'il aimerait des" cloches pour sa Susan ""

Il a éclaté de rire et a giflé Anne sur le cul en disant :

"Je ne vous l'ai pas dit !"

Ne sachant pas quoi faire, et ne voulant pas paraître désobéissante, avant que ce Maître ne revienne prendre sa place alors qu'il la regardait, elle se figea.

"Saute Susan, je veux entendre les cloches."

Elle sursauta et il agita sa main pour qu'elle continue.

Elle essaya, mais ses sauts étaient petits alors qu'elle vacillait sur ses talons hauts en grimaçant alors que sa jupe se levait et tombait montrant sa nudité en dessous.

Il est presque tombé en un instant jusqu'à ce qu'il tende la main. et attrapa son bras pour la stabiliser.

"Merci, M. Clarkson." Elle haleta.

"Tu sais Susan, tu as les seins les plus colorés et espiègles que j'ai vus depuis longtemps. Tu devrais penser à percer tes mamelons. Tes seins seraient encore plus appétissants et irrésistibles pour ton Maître." Alan a dit très sérieusement pendant qu'il l'étudiait.

Elle pâlit pendant qu'il parlait.

Il devait avoir vu le regard dans ses yeux alors qu'il se tournait rapidement vers Anne.

"Enlève ta chemise pour que Susan puisse voir la tienne."

Il se tourna vers Susan.

"Elle les a fait faire peu de temps après avoir rejoint l'entreprise."

Susan regarda la femme blonde incapable de croiser les yeux d'Alan alors qu'elle rougissait encore plus.

Anne portait un soutien-gorge qui ne couvrait pas ses gros seins, mais les soutenait plutôt comme une étagère.

Ses seins étaient ornés de larges et longues boucles d'oreilles dorées, suspendues à ses tétons.

Susan se figea jusqu'à ce qu'Alan accroche son doigt dans l'anneau gauche et le soulève, forçant sa poitrine à s'étirer en forme de cône, faisant gémir Anne de manière gutturale.

Alan se lécha les lèvres et sourit.

«Elle est juste magnifique, n'est-ce pas Susan?

«Oui, M. Clarkson.

"Irrésistible comme je l'ai dit, mais nous devons tous travailler avant de pouvoir jouer." Il lui lança son sourire contagieux et lui fit un clin d'œil: «Tu ferais mieux de courir à ton bureau Susan, ton Maître t'attendra, j'en suis sûr. Faites-lui savoir que je vais regarder le dossier avant le déjeuner aujourd'hui. À bientôt.

Il gloussa et la renvoya, se tenant toujours à Anne pleurnicher pour la bague en or.

"Oui, M. Clarkson," dit Susan en se retournant et en courant presque hors du bureau, elle ferma tranquillement la porte derrière elle.

Prenant une profonde inspiration pour se calmer, il se précipita vers le bureau de son Maître.

Ne voulant pas s'arrêter ou parler à qui que ce soit sur le chemin du retour à son bureau, elle marchait la tête baissée, cachant sa rougeur et se pencha pour essayer de déguiser ses seins tintants.

Il est arrivé à son bureau à une vitesse record et lui a envoyé un message instantané pour lui faire savoir qu'il était de retour.

LA SALLE DE PUNITION

Il l'a appelée immédiatement.

Il se glissa dans son bureau et tomba à genoux juste devant la porte.

Se levant et marchant vers elle à l'entrée de la pièce, il aboya:

"Suivez-moi. Vous êtes en retard."

Il sauta sur ses pieds et courut après lui dans une pièce voisine à quelques pas derrière lui.

Cette pièce avait une décoration étrange.

Il se retourna.

"Mets-toi nu, mais garde tes bas."

Elle obéit rapidement au cri de ses ordres, lui obéissant sans réfléchir, restant nue et frissonnante, tandis que les cloches de ses seins tintaient.

Son attention se concentra sur lui alors qu'elle le regardait ouvrir un tiroir et en sortir un corset blanc.

Passant derrière elle, il enroula le corset autour de son corps et commença à l'attacher étroitement autour de sa taille.

Les revers de bonnet suivaient la courbe de ses seins espiègles et se terminaient juste en dessous de ses tétons.

De petits boutons de roses durs et enchaînés dépassaient au-dessus de la chaîne et des cloches en or, ajoutant leur petite chanson à ses gémissements.

Pendant ce temps, elle restait toujours à regarder sans voir le mur puis à se concentrer sur ses mains, appréciant la sensation du corset avec lequel il l'attachait.

Il l'a giflé sur les fesses quand il a fini.

Elle poussa un cri de surprise plutôt que de douleur alors qu'il la soulevait comme une poupée et la jetait, l'épinglant à une poutre rembourrée qui faisait partie des meubles étranges de cette pièce.

Elle était grande et elle se retrouva suspendue par ses jambes et à donner un coup de pied à la poutre pour retrouver son équilibre alors qu'elle claquait à nouveau ses fesses.

Il s'éloigna en lui demandant un peu.

«Qu'est-ce qui vous a pris si longtemps, petite esclave? Avez-vous perdu du temps pour que tous les cadres voient à quel point vous êtes une bonne pute avec vos nouveaux vêtements et accessoires?

Elle gémit, rougissant encore plus.

Son visage est devenu rouge écarlate lorsque la main a été imprimée sur ses fesses.

Elle le sentit bouger et frôler contre elle alors que ses doigts écartaient ses fesses et la pelotaient.

Elle le regarda par-dessus son épaule alors qu'il regardait son cul et rougissait encore plus, son humiliation de lui avoir déplu et la position vulnérable dans laquelle il la faisait boucler à ses mots.

Sa respiration était difficile à cause du corset serré alors elle a commencé à haleter et à gémir.

Ses mains séparèrent ses fesses et il baissa les yeux sur le jouet têtu, tandis qu'elle tremblait avec son cul le serrant.

Il passa ses mains sur sa peau lisse et se délecta du fait qu'elle était à lui de dominer et de jouir à sa guise.

En regardant sa chatte humide luisante alors que ses doigts jouaient avec le plug, il grogna:

«Je peux voir que tu as aimé utiliser ça pour moi, petite salope.

Il parla avec une pointe de voix tandis qu'il resserrait légèrement le bouchon de sorte que son anus s'étire lentement devant ses yeux.

Elle gémit, presque essoufflée.

"Oui Maître".

Il sourit en appréciant la vue et le son de ce petit corps parfait.

Sa musique plaintive dans ses oreilles alors qu'il enlevait le bouchon, regardant lentement l'anneau de son anus s'ouvrir et se resserrer lentement comme une étoile noire et serrée.

Il la taquina une fois de plus avec son doigt:

"Chaque partie de toi est à moi, petit esclave! Rien n'est interdit à ton Maître."

Son doigt s'enfonça en elle l'entendant crier en réponse à lui.

Il pouvait sentir sa faim pour lui à peine maîtrisée, alors il retira sa main et s'éloigna d'elle en grognant:

« Tu comprends que j'ai besoin de punir ton retard maintenant, non?

"Oui monsieur."

Elle sentit la piqûre sur ses fesses, pas aussi forte qu'hier, mais assez pour la faire haleter et perdre à nouveau l'équilibre sur la poutre alors qu'elle se balançait et se balançait.

Il pouvait sentir le zeste, un picotement brûler dans sa chair et il commença à laisser échapper des excuses et des excuses.

Il la fit taire avec un autre coup de fouet.

Poursuivant pendant que ses doigts parcouraient les deux passepoils.

«Vous avez dû perdre votre temps depuis que vous aviez quarante-cinq minutes de retard.

Le fouet l'a frappée à nouveau deux fois de suite et elle a hurlé et a sursauté sur la poutre.

"Et pour les cinq minutes supplémentaires ..."

Le fouet a atterri durement sur ses cuisses.

Elle gémit avec des larmes qui brouillèrent son visage alors que des marques piquantes irradiaient une douleur brûlante sur son corps.

Il pouvait voir sa chatte briller d'humidité, alors il déplaça le fouet entre ses jambes en frottant la pointe de cuir plat sur son clitoris.

Elle haleta et trembla.

Il a continué à jouer avec elle en forçant un doigt dans son cul alors qu'elle frissonnait et gémissait, ses hanches se balançant entre sa main et le fouet pressé contre son clitoris gonflé.

Il commença à pomper son doigt le plus fort en elle en ajoutant un deuxième doigt alors qu'elle résistait et miaulait dans le besoin.

Elle est venue de façon explosive presque tomber de la poutre, mais sa main s'enfonça dans son cul.

"Quelle vilaine salope tu es, hein? Comme tu aimes la douleur"

Il retira ses doigts d'elle alors qu'il regardait son corps se contracter de spasmes.

"Tu dois attendre que ton Maître te dise quand tu peux venir, esclave"

Le fouet mordit une fois de plus sa chair et elle hurla.

« Tu me comprends, esclave ?

"Oui monsieur."

Elle hurla alors que le fouet envoyait à nouveau une douleur très brûlante dans ses cuisses.

Elle sentit plus qu'il ne vit la petite bande élastique de tissu qu'il remonta sur ses jambes et enroula autour de ses hanches avant de la retirer de la poutre et de la soulever sur ses jambes tremblantes.

Elle baissa les yeux, la bande de tissu était suffisamment large pour couvrir son sexe et au début, elle pensa que cela pourrait être comme une ceinture.

"Montre esclave", dit-il en amenant ses mains à sa taille et en élargissant et ajustant la posture de ses cuisses et de son cul à chaque mouvement.

Elle réalisa maintenant que c'était une sorte de jupe à afficher.

Elle se dirigea vers un placard et en sortit une paire de talons hauts blancs, les plaçant à ses pieds pour qu'elle les enfile.

Il l'entoura, ses doigts traçant les lignes rouges bordées qui apparaissaient sous sa jupe voyante.

« Vous ne vous êtes jamais vu plus Susan que maintenant, Susy.

Elle se pencha en embrassant les traces de larmes sous ses yeux encore larmoyants, parlant doucement.

"Mmm, ma petite salope, j'adore voir tes démonstrations d'angoisse, mais nous attendons des invités, alors va dans la salle de bain privée de la deuxième porte à droite. Là tu trouveras tes marques de maquillage habituelles. Réparez votre visage et vos cheveux."

Il lui tendit un ruban recouvert d'or.

"Mettez cette cassette. Pas de parfum. Et retournez à mon bureau."

Il entra dans la salle de bain et se tint devant le grand miroir.

"Qui est cette fille?" pensée. "Qu'est-il arrivé à la 'gentille fille' qu'elle avait été toute sa vie? Comment était-elle devenue la putain qu'elle avait vue dans le miroir?"

Elle bougea et se tortilla lorsqu'elle remarqua que la jupe ne couvrait pas du tout sa chatte ou son cul, mais mettait plutôt en évidence ses zébrures et son état constant d'excitation.

C'est un jeu, pensa-t-il, sachant dans sa tête que c'était bien au-delà d'un match et que tout ce qu'il pouvait faire était d'attendre la fin de la semaine.

"A la fin de la semaine, que se passerait-il alors?"

Ses questions silencieuses s'arrêtèrent pendant qu'il réfléchissait à cette question.

"Respirez," se dit-elle, "Respirez et obéissez."

Elle s'est libérée de ses questions constantes et a réappliqué son maquillage sur son visage.

Elle attacha ses cheveux ondulés en une queue de cheval serrée et revint vers le miroir en pied.

"Respire, respire et obéis." Elle se répéta.

Jetant un dernier regard et respirant lentement, elle revint vers lui en marchant vers son bureau et s'agenouillant devant lui comme on lui avait appris.

Il la regarda marcher avec les joues arrondies de son cul délicieusement exposées, les marques rouges et furieuses alors qu'elle marchait prudemment sur ses talons faisant se balancer ses hanches comme une pute prête pour le plaisir.

«C'est à moi», se dit-il, presque incrédule.

Son entraînement avait si bien progressé cette semaine; mieux qu'il n'aurait pu espérer.

Chaque obstacle qu'il dressait semblait être surmonté avec une relative facilité.

Constamment inquiète qu'il aille trop vite, elle a failli s'enfuir hier, et avait vu la peur dans ses yeux ce matin, mais à la fin elle avait toujours obéi.

Sa soumission avait presque été introduite en elle par la combinaison de son père dominateur et de sa mère douce.

Il la voulait depuis si longtemps.

Découvrir sa soif de douleur érotique n'a fait qu'alimenter son désir de la dominer.

Il ne voulait pas la laisser partir à la fin de la semaine, même s'il savait qu'il pouvait la forcer à rester esclave par le chantage ou la contrainte, il savait qu'une telle relation ne réaliserait jamais ses souhaits.

Il lui fallait un lien de confiance et d'amour mutuel, pour qu'elle désire sa domination comme il le désirait pour sa soumission totale.

Il la fixa pendant de longs instants alors qu'elle s'agenouillait devant lui.

Il avait travaillé dur pour arriver à ce stade de sa vie.

Il avait sa propre entreprise et son propre club qui alimentaient ses désirs les plus sombres de tout dominer et de tout contrôler dans sa vie.

Il avait une femme, une famille et une maison, l'envie de beaucoup, mais tout cela n'avait jamais été suffisant.

Il pouvait avoir n'importe quel esclave dans la compagnie ou le club, et il en avait porté beaucoup à l'occasion.

Mais il avait cherché celui qu'il pouvait posséder et aimer en même temps, quelque chose qui lui avait toujours échappé.

Il regarda ses yeux verts brillants.

Susan était différente, son souhait était qu'elle soit bien plus qu'un corps à utiliser et à abuser à volonté.

Je voulais posséder, contrôler et prendre soin de la petite fille, dominer chaque partie de sa vie et lui montrer à quel point l'amour d'un esclave et d'un maître peut être profond.

Quelle différence avec le mari et la femme ou les amants, mais c'était beaucoup plus profond et plus confiant.

Prenant un ruban de velours blanc de son bureau, il se pencha en avant pour l'embrasser profondément.

Comme il a mis le ruban en place autour de son cou.

Elle fut surprise lorsqu'elle entendit le claquement du clip la refermant comme un tour de cou serré.

Ses mains continuaient de la caresser tandis que le baiser s'attardait.

Il caressa ses épaules et descendit le long de sa poitrine, pour pincer les petits boutons durs qui les secouaient pour entendre le son des cloches et son gémissement dans son baiser.

Rompant le baiser, il se leva, la rapprochant de lui par ses tétons.

"Nos invités arriveront bientôt, viens mon petit esclave."

Il l'a conduite dans la salle de réunion et l'a poussée devant lui, il a simplement dit:

"Viens là."

Il la regarda alors qu'elle se mordait la lèvre et regardait le nombre de chaises.

Elle se dirigea vers la tête de la table ovale et s'agenouilla sur le sol à côté de ce qu'elle pensait être sa chaise.

"Très bien, mon petit esclave, tu as bien appris des choses aujourd'hui."

RENCONTRE AVEC LES MAÎTRES

Le personnel de cuisine était arrivé avec la nourriture et était occupé dans la petite cuisine à préparer les derniers détails de la fête.

Pendant ce temps, son Maître prit une grande chaise et lui fit signe de s'asseoir à côté de lui, indiquant une place sur le sol.

Elle grimaça en prenant sa place et écouta alors qu'il lui parlait doucement:

«Les hommes qui viennent aujourd'hui font partie de mes plus vieux amis. Ils sont aussi des maîtres et amèneront leurs esclaves avec eux.

Il la regarda alors qu'elle absorbait ses mots et continua:

«Tu leur obéiras comme tu m'obéirais. Mais je ne laisserai pas cela te blesser, petite Susy.

Elle se mordit la lèvre, les zébrures décorant ses fesses et ses jambes palpitaient toujours avec l'évidence de ce qui se passerait si elle le déçoit.

Elle leva les yeux quand il se tut, et le regardant dans les yeux, murmura:

"Si j'aime".

Il était sur le point de demander quelque chose de plus sur ses invités lorsqu'un homme tenant une fille en laisse entra dans le bureau.

Il sourit chaleureusement, tendit la main, saisit celui de Robert et le secoua fermement.

"Sommes-nous les premiers arrivés?"

"En fait Steve, c'est vrai. Ravi de vous voir." Il baissa les yeux et demanda: "Et comment vas-tu aujourd'hui, Shaky?"

Susan a été surprise quand la fille a répondu avec un "Hiip", comme le son d'un petit chien et s'est tortillée quand il lui a tapoté la tête.

Susan la regarda de plus près en réalisant qu'elle portait un collier en cuir rouge avec le mot «salope» écrit en diamants sur le devant.

Susan admirait la robe en dentelle que portait l'esclave quand elle entendit son nom et leva les yeux, rougissant, quand l'autre Maître la salua.

"Ravie de vous rencontrer monsieur", elle sortit d'une voix grinçante alors qu'elle rougissait encore plus profondément, bien consciente de son exposition.

Son attention retourna vers la porte lorsqu'elle entendit le rire bruyant d'Alan Clarkson, qui entra avec un homme identique à celui qui venait de la saluer.

Susan regarda de l'un à l'autre sa tête tourner en regardant les deux maîtres jumeaux.

Abasourdi, il lui fallut un moment pour se rendre compte qu'une fille mince était toujours silencieusement derrière la paire d'Amos en riant.

Celui qui était entré avec Alan était Maître John, le frère jumeau de Steve, suivi d'une fille élancée, son esclave Samantha.

Bien sûr, elle était également derrière Anne, qui lui souriait et lui faisait un clin d'œil.

Les deux derniers membres du groupe sont arrivés avec leurs filles en quelques minutes.

Susan s'assit silencieusement en essayant de ne pas attirer l'attention alors que les hommes se saluaient et se saluaient.

Elle baissa la tête et sourit lorsqu'elle fut accueillie, ne faisant pas confiance à la voix aiguë qui avait salué le premier Maître.

C'est pourquoi il se tut dans sa nervosité.

Ils ont tous emménagé dans la salle de réunion, à laquelle le talentueux personnel de cuisine avait donné l'impression d'une ancienne salle à manger.

Susan a étudié les derniers invités.

Maître Barry était un homme corpulent, habillé de manière plus décontractée que les autres maîtres, car il portait un jean et une veste qui paraissaient étranges contrairement aux costumes finement travaillés des autres maîtres.

Il fut suivi de Cinthia, une grande blonde à la carrure athlétique dont les muscles semblaient onduler à chaque mouvement.

La dernière paire était Master James, un monsieur plus âgé aux yeux bleus brillants qui a été suivi par Amy, une fille potelée avec une petite bouche qui la faisait ressembler à un ange de Cupidon.

Toutes les filles étaient assises comme elle à côté des chaises de leurs maîtres respectifs alors que les serveurs entraient avec du vin et de la nourriture pour le premier plat.

La main de son maître nourrissait ses petites bouchées de son assiette et elle se délectait du goût de la nourriture riche.

Elle a regardé les autres filles pendant que les Maîtres discutaient des affaires et des amis communs.

Anne était penchée avec ses bras autour de la jambe de son maître, Shaky semblait se recroqueviller sur les pieds de la sienne, Amy avait posé sa tête sur la cuisse de son maître et Cinthia semblait presque secouer sa queue de cheval avec de petits mouvements de tête.

Anne attira son attention et lui fit un clin d'œil.

"Nous avons besoin d'une cloche de service ici Robert, où sont ces serveurs?" Maître James s'est plaint.

"Peut-être que nous pourrions secouer Susan à la place" rit Alan.

Les yeux des Maîtres plus âgés s'illuminèrent à la perspective, puis froncèrent les sourcils.

"Une fille si petite que je doute qu'elle puisse faire assez de bruit."

Robert a ri de bonne humeur.

Arrêtez-vous de vous plaindre, James? "

"Je pourrais le faire si tu secouais ta petite fille."

Susan regarda son Maître se pencher et tirer la chaîne entre ses tétons et la secouer, donnant doucement les cloches.

«Je suppose que tu avais raison James, ça ne fait pas beaucoup de bruit.

Après avoir dit cela, sa main a frappé à une vitesse fulgurante sa mésange droite, la faisant crier plus de surprise que de douleur.

«C'était mieux?

"Ce n'était guère plus qu'un hurlement."

James sourit et ses yeux bleus brillèrent sur elle.

Comme en réponse au soi-disant grincement, les serveurs sont apparus et ont enlevé les assiettes, les remplaçant par des plats plus somptueux.

Les Maîtres se sont remis à parler affaires, tandis qu'une fois de plus Susan s'est tournée vers les filles.

Elle se demandait s'ils avaient choisi d'être esclaves ou si, comme elle, ils étaient piégés dans cette situation.

Mais était-elle piégée?

Au début peut-être, mais maintenant elle n'en était pas tout à fait sûre.

Peut-être qu'il commençait à l'aimer plus que tout.

Il regarda à nouveau le groupe et secoua la tête.

Cela ne semblait guère réel.

La normalité de s'asseoir et de prendre de petites bouchées avec la main dans l'assiette de votre Maître comme si c'était fait tous les jours.

Peut-être était-elle tellement absorbée par ce jeu qu'elle ne considérait plus son esclavage comme une mauvaise chose?

Ses pensées traversèrent son esprit alors qu'il ouvrait et fermait docilement sa bouche pour une autre bouchée.

Il se demanda si les affectations de la fille faisaient partie de sa propre personnalité ou si elles avaient été façonnées selon la volonté de leurs maîtres.

Et elle se demandait aussi comment ces filles avaient dû la regarder, avec leur rougeur et leur naïveté constantes,

Pouvez-vous dire qu'elle n'était pas une vraie esclave?

Perdue dans ses propres pensées, elle n'avait pas écouté les conversations des seigneurs et fut surprise lorsque les autres seigneurs commencèrent à se lever et quittèrent la pièce en laissant les filles seules.

Elle leva les yeux curieusement vers son Maître quand lui aussi se leva.

Il tendit la main et lui caressa doucement les cheveux.

"Je serai bientôt de retour petit."

Elle hocha légèrement la tête et les regarda partir.

Dès que la porte se referma, la potelée Amy se leva et scruta la table avant de se glisser dans le siège vide de son Maître et de porter son verre de vin presque plein à ses petites lèvres.

Samantha roula des yeux.

«Tu es une gamine Amy, tu ferais mieux de ne pas les laisser t'attraper là-bas.

"Accorde-lui une pause Samantha, tu n'es pas la fille la plus âgée ici." Shaky a sonné: "Amy est toujours un gamin qui ne changera pas, en plus nous devons nous amuser avec la nouvelle fille." Elle lança un sourire plein de dents dans la direction de Susan. «Vous devez nous dire à la charmante Susan comment vous avez attrapé l'insaisissable Maître Robert.

Elle s'était approchée d'elle et s'était allongée sur le ventre, les mains posées sur son menton en attendant une réponse.

Comment pouvait-elle dire à ces filles qu'elle avait été attrapée?

Qu'elle ne savait rien de l'esclavage et que cela avait commencé comme un jeu pour elle.

Les pensées de Susan s'emballèrent et elle rougit profondément alors que les filles la regardaient en attendant une réponse.

Samantha l'a sauvée:

«Je ne pense pas que Susan avait une idée de tout ça, chérie.

Susan secoua la tête, baissant les yeux.

Et Samantha a continué à chuchoter de façon conspiratrice aux autres:

"Je n'avais jamais été esclave avant cette semaine." Il se tourna vers Susan et lui fit un sourire rassurant, "Ne t'inquiète pas chérie, ces filles ne vont vraiment pas s'amuser avec toi. Nous laissons ça aux Maîtres." Elle a ri.

"Pas question! Est-ce vrai?" Shaky regarda le visage de Susan avec une curiosité avide.

Amy s'est aussi approchée, "Eh bien, eh bien, une douce fille innocente, qui aurait pensé que c'était ce que Maître Robert cherchait, surprise de connaître ses goûts."

Susan essaya d'éviter sa propre surprise alors qu'ils parlaient d'elle, mais elle pouvait sentir la chaleur de la rougeur remplir ses joues.

Amy a continué, "Votre Maître n'a jamais pris un esclave comme sien auparavant. Pensez-vous qu'il vous gardera?"

Susan leva les yeux écarquillés et cria:

"Garde moi?" Elle secoua la tête. "Je pensais que ça allait être un jeu amusant, mais maintenant tout est flou dans mon esprit. Avec vous tous ici, cela semble la chose la plus normale au monde, mais je ne sais pas vraiment ce que je fais la plupart du temps."

"Oh la ferme chérie, tout va bien." Samantha a dit avec un clin d'œil, "Je t'ai regardé toute la semaine et tu as l'air plus incroyable chaque jour qui passe."

Shaky sourit. "Vous êtes vraiment une recrue, non! Eh bien, vous savez, s'il vous a laissé rencontrer tous nos Maîtres, je pense qu'il prévoit de vous garder proche pendant un moment." Shaky lécha la joue de Susan, la faisant rire. "Et ce serait bien d'avoir une nouvelle camarade de jeu, ou préférez-vous Samantha?"

Amy baissa les yeux de la table et pinça les lèvres:

«Il y a beaucoup de filles esclaves dans le club qui souffrent de porter le collier de Maître Robert. S'il décide de rester avec vous, nous devrions pouvoir entendre les cris de toutes les pleurs. Elle rit, battant des mains et prenant une autre gorgée de vin de son maître. "J'adorerais voir certains de leurs visages quand ils le découvriront."

«Je suppose que ce que les filles veulent dire, c'est qu'il semble que Maître Robert projette de vous garder avec lui. Anne s'arrêta lorsqu'elle vit l'anxiété dans les yeux de Susan. «Tu aimes être son esclave, non?

Susan a été surprise par la question.

Il aimait?

Elle se mordit la lèvre en y réfléchissant.

Elle s'était dit qu'elle était une bonne fille forcée à l'esclavage, mais comment pouvait-elle dire cela à ces filles?

Je voulais désespérément demander comment ils sont devenus esclaves.

Avaient-ils la possibilité de décider s'ils ... étaient d'accord? "

Cinthia agita sa queue de cheval, renifla légèrement et pencha la tête.

Amy glissa au sol en pointant son doigt vers Cinthia et en chuchotant:

"Je ne sais pas comment il fait ça!"

Un instant plus tard, la porte s'ouvrit et les serveurs arrivèrent pour débarrasser la table.

Chacune des filles se tenait silencieusement sur place pendant que les serveurs travaillaient rapidement pour remplir la table de fruits et de fromage et les laissaient à nouveau seuls.

Encore une fois, toutes les autres filles ont regardé Susan attendant toujours une sorte de réponse.

"Je ne sais pas ce que je fais, encore moins ce que je veux," dit tristement Susan. "Cela ne ressemble à rien de ce que j'ai jamais vécu auparavant. Vous semblez tous si gentils, alors, euh. Normal!" Cinthia renifla et haussa un sourcil. "Eh bien, vous savez ce que je veux dire, pour le monde normal, le stéréotype d'une esclave sexuelle est ..." elle chercha le mot juste.

Abandonnant, elle haussa les épaules.

"Oh, ok poupée," Anne vint à sa défense. "Nous connaissons le stéréotype, mais gardez les yeux et l'esprit ouverts à tout ce que vous voyez et entendez et vous vous rendrez compte qu'il n'y a rien de normal dans ce monde entier. Pensez au sexe comme à la crème glacée, si tout le monde aime la vanille Quel monde ennuyeux ce serait. "

Amy roula des yeux puis fit un signe de tête à Susan.

"La crème glacée est une vieille analogie collante, mais ça marche. Les gens aiment différentes choses, la nourriture, les voitures, les vêtements et le sexe. Je dirais que vous devez décider par vous-même, mais je pense que cette décision a déjà été prise pour vous."

Susan se mordit la lèvre et était sur le point de protester contre le fait qu'elle avait encore un jour pour décider, mais leur système d'alerte précoce, Cinthia, les ramena à leur place juste au moment où les seigneurs retournaient à leurs sièges et parlaient jovialement des affaires du club et connaissances mutuelles.

Après ce qui semblait être des heures, mais probablement pas plus d'une, Amy étouffa un bâillement sans grand succès et attira l'attention de la table.

Maître James baissa les yeux, "Eh bien, c'est ce que tu as en restant éveillé après ton coucher bébé."

Il leva les yeux en faisant la moue et commença à protester, "Mais ..."

Un regard sévère de son Maître figea sa langue et elle s'excusa et s'agenouilla plus droit.

James sourit alors et ébouriffa ses boucles

«Pourquoi ne demandez-vous pas à Maître Robert si vous pouvez jouer avec les cloches de Susan pour vous occuper un peu plus longtemps et ensuite je vous ramènerai à la maison, petit?

La malice brillait dans ses yeux quand elle se leva et se tourna si gentiment vers Robert en disant.

"Oh s'il vous plaît Maître Robert, puis-je? Ce sont de si jolies cloches et vous avez un si bel esclave."

"Comment pourrais-je dire non à une fille aussi douce?" Robert sourit.

"Merci Maître Robert, merci!" Amy bouillonna et disparut sous la table pour ramper vers Susan.

"On dirait qu'elle est réveillée maintenant." Alan éclata de rire lorsque Shaky poussa un cri excité et se calma en tirant rapidement sur sa laisse.

"Il semble qu'ils veulent tous jouer avec la nouvelle fille." Murmura Barry.

Robert lui sourit.

"Je ne peux pas dire que je les blâme, j'aime vraiment jouer avec elle."

Cela a suscité beaucoup de rires et il s'est retrouvé à rougir à nouveau furieusement sous le regard attentif de la pièce.

Amy était joyeusement assise à côté d'elle en train de jouer avec les tétons de Susan et de sonner les cloches à différents rythmes alors que la conversation se poursuivait autour d'elle.

Elle sentit son Maître jouer avec sa queue de cheval et la regarda dans ses yeux perçants.

Son souffle retint et ses propres yeux s'écarquillèrent lorsqu'elle sentit la bouche d'Amy se resserrer autour de son téton.

Alors qu'il sonnait les cloches avec ses doigts, sa langue se déplaça sur son point rose dur.

Les yeux de son Maître scintillèrent et les coins se plissèrent dans un sourire qui ne se trouvait pas seulement sur sa bouche.

"Il semble que ma fille est trop excitée comme d'habitude, je ferais mieux de la conduire à la maison ou elle sera trop nerveuse pour dormir à nouveau. Allez fille, nous allons vous ramener à la maison." Maître James s'est levé pendant qu'il parlait.

Amy rejeta la tête en arrière et relâcha le mamelon qu'elle allaitait avec un pop fort.

Levant les yeux, il demanda doucement:

«Puis-je l'embrasser pour lui dire au revoir?

"Ouais bébé. Alors merci Maître Robert et nous partirons."

Amy plaça une main sur la joue de Susan et l'autre sur le cou de Susan, la tenant en place alors qu'elle pressait ses lèvres contre les siennes.

Susan sentit la langue insistante et entrouvrit doucement ses lèvres lorsque le joufflu l'embrassa doucement mais profondément, explorant sa bouche avec une langue flottante laissant Susan essoufflée à la fin du baiser.

«Au revoir mon nouvel ami, j'espère que nous nous verrons beaucoup plus de fois. Vous devez venir à une date de jeu, j'ai tellement de jouets géniaux! Elle gémit quand son maître s'éclaircit la gorge et se leva, "Merci de m'avoir laissé jouer avec Susan Master Robert."

"De rien, chérie, dors bien. Ton vieux Maître grincheux a l'air hagard."

Amy a mis son visage innocent le plus séduisant, "Pensez-vous cela?" Il regarda son Maître de haut en bas, "Peut-être que je devrais sortir ma trousse d'infirmière quand nous rentrerons à la maison et lui donner un chèque."

"Oh, je pense que c'est vraiment ce dont tu as besoin ma chérie. Maintenant, va et rentre chez toi."

James gémit, "Merci pour ça mon ami, peut-être que la prochaine fois je pourrai remplir la tête de Susan de corvées pour vous tenir occupé."

Amy sourit et se tourna vers la table, "Au revoir les maîtres et les filles."

Il prit alors la main de son Maître et entreprit de le conduire hors de la pièce en lui disant au revoir.

Steve rit en disant doucement à John:

"Oh, je pense que ça va être une autre nuit mémorable pour ce gamin effronté."

John gloussa.

"A moins que James ne décide de lui donner une fessée pendant le long trajet en voiture."

"Cinthia et moi devrions aussi être en route maintenant, je veux aller au club d'équitation et nous avons beaucoup de préparation à faire." Barry grogna de son ton de baryton profond.

Robert se leva et sourit.

"Oh ouais, bien sûr. J'ai eu de la chance que tu sois en ville pour nos retrouvailles. Merci d'être venu Barry."

Robert se dirigea vers la porte du salon avant de se tourner et d'indiquer aux autres:

"Pourquoi ne pas passer aux chaises les plus confortables à l'approche de la nuit? La vue y est plutôt bonne."

Les Masters se sont levés et ont suivi avec leurs filles derrière.

Anne poussa Susan à bouger.

Il avait regardé Cinthia et sa marche avec ses longues jambes quand la référence au club d'équitation a finalement cliqué dans son esprit.

Il a regardé les autres filles d'un œil plus critique que d'essayer de voir leurs qualités, pour ainsi dire.

Shaky était un chiot adorable et Anne était une fille exubérante et sexy, mais Samantha la déroutait.

Susan a été perplexe quand elle a vu la fille marcher, elle était aussi drôle que si elle était une ballerine.

Susan se sentait une fois de plus déplacée, il n'y avait rien de spécial chez elle et elle avait beaucoup à apprendre.

Elle se rendit compte qu'elle ne pourrait jamais être spéciale comme ces filles et que son maître n'avait joué qu'avec elle.

Avec cela, il réalisa qu'il ne le ferait pas, il ne pourrait pas la garder comme son esclave s'il n'avait pas une qualité particulière.

Elle ressentit en elle un soulagement de ne pas avoir à décider par elle-même.

Mais rapidement, la sensation fut suivie d'une pointe de tristesse.

Elle se mordit la lèvre perdue dans ses pensées, suivant son Maître jusqu'à sa chaise et s'assit à côté de lui.

Elle secoua les pensées de sa tête quand son maître enroula une fois de plus sa main dans sa queue de cheval et le regarda.

«Hey John, fais que ta fille me serve mon frère, cet esclave est inutile avec tout ce qui ne vient pas dans une bouteille ou ne peut pas.

Steve donna un coup de coude à Shaky avec son pied et elle grogna doucement vers lui, le faisant froncer les sourcils.

Avec un signe de tête de son Maître, Samantha se dirigea vers Maître Steve avec ses pieds dansant.

Elle pressa son corps contre lui léchant son cou jusqu'à son oreille, mordillant doucement et ronronnant:

"Maître, que voulez-vous que cet esclave vous apporte ce soir?"

«Un scotch s'il vous plait, ma chérie.

Samantha se déplia de son corps, tournant sur la pointe de ses pieds et elle dérapa dans la cuisine.

Elle nettoya un nouveau verre et se tourna légèrement pour offrir aux observateurs une vue sur le contour sensuel et incurvé de son corps alors qu'il glissait le bord du verre sur le gonflement de ses seins, frissonnant et respirant profondément.

Susan la regardait avec fascination.

Anne remplit le verre à moitié avant d'ouvrir la porte du congélateur, laissant l'air froid l'envelopper.

Cet air fit durcir ses tétons, révélant clairement leurs pointes pointues sous le vêtement de soie fine qu'elle portait.

Il attrapa de la glace et la laissa tomber dans le verre avec un tintement aigu.

Elle ferma la porte du congélateur avec un mouvement de hanche et se pencha en arrière, secouant la tête et faisant tomber ses cheveux dans une vague de soie sombre.

Elle se tourna vers le Maître, ses seins effleurèrent son bras, et soulevant d'abord le verre à ses lèvres, pour embrasser le bord, ronronna:

"Votre whisky, Maître Steve, cet esclave espère que votre service vous a plu."

"Un service exquis, comme toujours, et quelque chose de doux. Maintenant, retournez voir votre Maître avant que j'oublie à qui vous appartenez.

Susan était émerveillée par la façon dont Samantha donnait l'impression que servir un verre était si sensuel.

Elle se surprit à vouloir être capable de faire cela et leva les yeux pour voir la réaction de son Maître seulement pour le trouver la regardant de près.

Ses pensées lui sautèrent à l'esprit.

Serait-elle si drôle de lui plaire?

Peut-être qu'elle pourrait apprendre à être si gracieuse et attirante, et peut-être que le Maître voudrait alors rester avec elle.

Elle s'était convaincue qu'il la renverrait après la fin de la semaine.

Se rattrapant dans sa réflexion prospective, elle se demanda à nouveau: «Est-ce que c'était la vie qu'elle voulait, être possédée en tant qu'esclave, refuser sa liberté de choix en obéissant à tous ses ordres? Pourrait-elle apprendre à être spéciale d'une certaine manière? qu'est-ce qui lui plairait?"

Son désir de lui plaire une fois de plus étouffa toutes ses autres questions et elle reporta son attention sur les seigneurs qui continuaient à plaisanter alors que l'après-midi avançait et que le ciel devenait noir d'encre.

Les jumeaux Masters ont refusé d'autres boissons en affirmant qu'ils avaient un engagement au club ce soir-là, et Alan a également déclaré qu'il avait hâte de visiter le club et de voir ce qui était exposé.

Robert a refusé de se joindre à eux, affirmant qu'il avait encore du travail à faire.

Il se leva pour se diriger vers la porte de la réunion en discutant aimablement et Susan le suivit en remerciant silencieusement Anne pour tout son soutien pendant le long après-midi et la soirée.

"Ah chérie, ce n'était rien, nous avons tous été nouveaux à un moment donné dans ce style de vie."

Embrassant Susan sur la joue, Anne suivit Alan dans l'ascenseur.

Quand l'ascenseur s'est finalement fermé, Robert s'est retourné et est retourné au bureau, confiant qu'elle suivrait.

Lorsqu'elle s'agenouilla devant lui, s'asseyant sur ses talons, il se pencha en avant pour caresser sa joue.

"Je suis très content de votre performance aujourd'hui, ma fille."

Il se pencha pour l'embrasser profondément et elle sentit des papillons flottant sur son ventre et une émotion parcourut sa colonne vertébrale.

J'étais heureux!

La joie qu'il ressentait était palpable combinée à son baiser.

Elle ne pensait qu'à ce que ses mots et son toucher la faisaient ressentir.

"Maintenant que nous nous sommes assurés que vous ayez une nuit de congé, jouons à un jeu Susy. Je sais que vous aimez les jeux." Il lui sourit d'un sourire entendu.

"Oui monsieur." Elle a chuchoté.

Il avait espéré qu'avec la disparition des invités, il serait autorisé à rentrer chez lui et à se détendre.

La journée avait été très longue et elle était très confuse, avec toutes ses pensées emmêlées dans son esprit.

Il a continué:

«Nous pouvons chacun poser trois questions à propos de ce soir. Vous pouvez me poser tout ce que vous voulez savoir sur nos invités et l'après-midi. Je vous poserai des questions sur ce que j'espère que vous avez appris. Et comme toujours, si je ne suis pas satisfait de vos réponses, il y aura des conséquences. .

Il se tortilla sachant qu'il ne prêtait pas assez attention aux petits détails et son esprit vagabondait souvent,

Il aurait dû sentir qu'il y aurait un test, il le testait toujours d'une manière ou d'une autre.

Mais elle hocha la tête et murmura:

"Si j'aime".

"Eh bien, maintenant commençons, donne-moi le nom de chaque invité et de leur esclave."

Il prit une profonde inspiration et avec un tremblement dans la voix commença:

"Alan Clarkson et son esclave Anne, Steve Goodman et son esclave Shaky, John Goodman et son esclave Samantha, James Smith et son esclave Amy, et Barry Collins et sa fille Cinthia".

Elle se mordit la lèvre, sans être formellement présentée, elle avait entendu les noms et lié les noms de famille par sa connaissance pratique des notes et courriels qu'elle leur avait envoyés en tant qu'assistante.

"Très impressionnant," sourit-elle, "mais j'ai peur qu'en tant qu'esclave, qui était votre seul rôle ce soir, tout le monde devrait être traité comme Maître suivi de son prénom." il lui tapota les genoux quand il vit sa lèvre inférieure tomber, "Sur mes genoux, petite Susy."

Les blessures douloureuses qui l'avaient marquée comme une putain plus tôt dans la journée avaient disparu depuis longtemps.

Il passa doucement sa main sur ses fesses avant de le frapper fort et de regarder l'empreinte de la main commencer à briller en rose sur sa peau lisse.

Elle se mordit la lèvre en gémissant en bougeant ses jambes.

Pendant ce temps, sa main est descendue quatre fois de plus, une fois pour chacun des Maîtres qui avaient assisté au déjeuner tardif.

Des larmes avaient coulé sur ses joues, plus de le décevoir que de coups, quand il lui toucha le cul et lui suggéra:

"Votre tour".

Elle réfléchit et demanda:

"Chacune des filles était spéciale d'une manière unique, car Shaky était une chiot, est-ce qu'elles sont entraînées pour être ainsi par leurs maîtres ou est-ce qu'elles sont naturellement?"

"Certains esclaves ont une prédilection pour un certain rôle et seront pris par un Maître et formés pour ses désirs et besoins." Il s'arrêta un moment avant de continuer. "Certains Maîtres préfèrent une toile vierge et prendront une fille et la façonneront à leur goût. Cependant, quelle que soit la possibilité, la fille doit avoir une soumission naturelle. Force. L'esclavage d'une fille ne se déroule pas toujours aussi bien que le souhaiterait un Maître. "

Son esprit sursauta.

N'était-elle pas forcée?

Cela avait commencé comme un jeu.

Elle avait accepté d'être à lui et de lui obéir complètement pendant une semaine.

Elle a admis qu'elle n'avait pas été forcée de l'accepter, mais elle ne savait pas vraiment ce qu'elle acceptait.

La main qui caressait ses fesses s'arrêta quand il commença à parler et elle écouta attentivement sa prochaine question.

«Des six filles ici ce soir, parlez-moi de chacun de leurs talents spéciaux tels que vous les avez vus.

Il savait qu'il n'y avait que cinq filles, mais il n'aimait pas le corriger alors qu'il était dans une position si vulnérable, alors il a commencé:

"Shaky ressemble beaucoup à un chiot. Je pense que Cinthia est un poney. Amy est très enfantine. Anne est une bombe blonde aux gros seins. Samantha m'a déconcerté, mais je pense qu'elle est une ballerine et bouge très gracieusement."

Elle tourna la tête pour le regarder avec espoir.

Il lui a frappé le cul deux fois.

"Anne, comme toi, ma petite Susy, est excitée par la douleur d'une manière que la plupart des filles esclaves n'aiment pas. Samantha, par exemple, n'est pas du tout excitée par la douleur ou la punition. Son plaisir vient de plaire. Son Maître. Et il brille dans la façon dont il sert, dansant. Son Maître suit le mode de vie des Orientaux. " Sa main plana à nouveau et il haussa un sourcil, "Et le sixième?"

Il se mordit la lèvre avec un froncement de sourcils alors que son esprit s'emballait pour essayer de comprendre qui lui avait manqué dans sa réponse.

Elle regarda son sourire alors que sa main redescendait.

Elle a crié et a laissé échapper:

"Je ne comprends pas car il n'y avait que cinq filles."

Il l'a frappée à nouveau quand elle a répondu:

"Vous avez oublié l'esclave le plus important, le mien!" Sa main revint pour marquer son propos. «Vous étiez là, n'est-ce pas?

Elle se retourna et cria:

"Oui, Maître, mais je ne suis pas spécial, je n'ai pas de talents spéciaux."

Elle baissa la tête en pleurant.

Son cœur a sauté un battement, elle était vraiment si innocente et naïve, si spéciale dans son besoin de plaire et de servir qu'elle a enduré toutes les demandes qu'il avait faites d'elle et a accepté ses punitions presque volontiers.

Elle était, avec sa rougeur et sa douce humeur, l'incarnation de la naïveté et elle ne s'en rendait même pas compte.

Sa douce petite princesse en public et sa pute douloureuse en privé quand il le voulait.

"Ne t'ai-je pas dit toute la semaine que tu es spécial? Qu'est-ce que mon désir pour toi et le besoin d'être maître de toi est spécial? Ayant rencontré certains de mes amis, penses-tu que je les présenterais à un esclave qui ne l'était pas? spécial?" Il rugit presque le dernier, la faisant frissonner et son esprit tremblant de confusion.

Susan gémit.

"Oui Maître, je veux dire non Maître, Oh ..." hurla-t-il, "Je ne sais pas ce que je veux dire."

Sa main continuait à descendre sur son cul maintenant rouge, la faisant gémir davantage, la chaleur parcourant son corps alors qu'il la fessait lui faisait frotter son ventre sur ses genoux alors qu'il sentait sa dureté grandir et sa chatte frotter sur sa cuisse.

Elle ferma les yeux en haletant et en gémissant bruyamment.

La chaleur, la douleur et la sensation de lui envoyaient des spasmes dans son corps.

Juste au moment où elle était sur le point de venir, il arrêta de placer sa main lourdement sur le bas de son dos pour la maintenir en place pour qu'elle ne puisse pas bouger.

"Et votre prochaine question est ..."

Il ne pouvait pas penser clairement, son besoin de venir était si urgent que son corps tremblait et il gémit.

« Qu'est-ce que tu veux en ce moment et que tu dois demander à une petite salope ?

Elle sentit la rougeur intense de la honte la couvrir alors qu'elle exprimait son besoin:

"S'il vous plaît Maître, j'ai besoin de venir, laissez-moi venir."

C'était la première fois qu'il lui faisait demander et c'était comme un dernier obstacle qu'elle avait sauté sans effort.

Il leva sa main en mouvement et recommença à fouetter les joues rondes fermes, sa main rebondissant sur la surface rouge alors qu'elle se cognait contre sa cuisse et son sexe.

Il la voulait tellement qu'il doutait de pouvoir attendre la semaine pour l'emmener, mais il avait besoin d'attendre pour s'assurer qu'elle resterait.

Elle se raidit et poussa un long cri haletant en secouant la tête, nageant de douleur et de plaisir.

Sa chatte palpitait avec le sperme indispensable qui semblait tirer des flots de plaisir à travers son corps comme des coups de feu alors qu'elle continuait à jouir pendant un long moment.

Finalement, elle tomba molle sur ses genoux.

Il la prit dans ses bras et la berça dans ses bras.

Alors qu'elle retrouvait son petit corps tremblant, blotti dans ses bras.

Il a souri.

"Il semble que la fessée ne soit pas vraiment une punition pour toi, ma petite salope douloureuse. Maintenant tu viens de poser une question, alors je suppose que c'est encore mon tour."

Elle sursauta et sursauta en réalisant que le jeu n'était pas terminé et secoua la tête pour effacer ses pensées.

Il prit son menton en coupe et pencha la tête pour la regarder dans les yeux.

«Combien de temps dure une semaine, Susy?

La question la surprit, elle se mordit la lèvre pensant qu'il devait y avoir une réponse alternative à l'évidente, mais elle ne pouvait pas penser à une, alors elle murmura:

"Sept jours".

Il sourit en regardant l'aube de compréhension sur son visage.

"Tu as bien fait pendant la première moitié de ta semaine, mon petit esclave." Il a dit en s'assurant qu'elle comprenait tout son sens.

"Sept jours."

Elle a répété dans un murmure.

Son esprit vagabonda vers les plans qu'elle avait faits pour être chez ses parents ce week-end pour aider à une fête d'anniversaire et elle commença à se mordre la lèvre d'inquiétude.

Il la regarda attentivement avant de demander:

«Votre dernière question, Susy?

Elle le regarda avec des yeux inquiets en chuchotant:

"J'ai pensé ... je veux dire, j'ai supposé ... euh ..."

Elle regarda son visage sans rien lire dans ses yeux pour l'aider à lui dire qu'elle avait supposé que sa semaine serait une semaine de travail, seulement cinq jours, alors elle osa demander:

"Les esclaves ont-ils des week-ends gratuits?"

FIN